藍里まめ
絵 花染なぎさ
まがいもの令嬢なのに
王太子妃
になるなんて聞いてません！
しかも「愛のない結婚だ」と言い放った冷徹王太子がなぜか溺愛してきます

アドルディオン
バシュール王国の王太子。
妃選びに嫌気がさし、
自分に興味のなさそうな
パトリシアに目をつける。
パトリシア
伯爵令嬢。メイドの子として
生まれ辺境の村で育つが、
突如父親に引き取られ
令嬢教育を受けることに。

CHARACTERS
エイミ
パトリシアの侍女。
弟妹が多く家族思いで、
パトリシアのよき理解者。
ジルフォード
アドルディオンの近侍。
温和な性格だが優秀で、
よく主の思考を読んでいる。
エロイーズ
公爵令嬢。王太子妃に
なると噂され、本人も
そのつもりだったが…。

「演技なら、まずは俺に慣れてもらおうか」
「あっ……！」
引き寄せられて首の下に
腕を差し入れられた。
目の前には上下する喉仏があり、
腕や胸の逞しさを
薄布越しに感じる。

まがいもの令嬢なのに
王太子妃
になるなんて聞いてません！

しかも「愛のない結婚だ」と言い放った冷徹王太子がなぜか溺愛してきます

藍里まめ

絵　花染なぎさ

Though it was fake daughter,

became dauphine.

目次

村娘が王太子妃の座を狙う

豪華に整えられた王太子妃夫妻の寝室で、十八歳のパトリシア・クラムは五度目の深呼吸をした。

肩下までのゆったりと波打つ栗色の髪は光にあたると桃色がかって見える。

侍女の手によりサイドは上品に編み込まれ、サラッとした前髪の下ではつぶらなオレンジ色の瞳が不安げに揺れていた。

（落ち着かないと）

湯浴《ゆあ》みをしたのは三時間も前なのに、色白の肌がなんだか火照《ほて》って頬が赤い。

光沢を放つシルクのネグリジェに振りかけられた香水が甘く鼻腔《びこう》をくすぐり、〝ともに寝る〟という行為を必要以上に意識させられた。

目の前にある天蓋《てんがい》つきのベッドはオイルランプの光に照らされてなまめかしく、その傍《かたわ》らに立ち尽くしているパトリシアは高鳴る鼓動に静かに耐えていた。

夫はまだ来ていないというのに平静でいられず、手が汗ばむ。

（今夜から同じ部屋で寝るだけで、体を重ねるわけじゃないのに……）

この国、バシュール王国の王太子、アドルディオン・ルシファ・バシュールのもとに輿入《こしい》れしたのはひと月ほど前である。

しかし『妃は必要だが形だけでいい。夜伽《よとぎ》も不要』と言われているので、これまで寝室は別であった。

それが今日の昼間に突然やってきた彼から、『今夜からベッドは同じだ』と命じられたのだ。

その時は驚いたけれど夫婦仲が悪いのではと疑う声があるらしく、それを払拭《ふっしょく》するためだと聞かされて納得した。

(緊張しなくてもいいとわかっているのに、このドキドキ、どうやったら静まるの？)

柱時計が二十三時を示している。

六度目の深呼吸をしようとパトリシアが大きく息を吸ったら、隣室に繋がるドアがノックもなく開けられた。

隣室は王太子の私室で、チラッとこちらを一瞥《いちべつ》したアドルディオンが無言で入ってくる。

パトリシアより五つ年上の彼は、絶世の美女と謳《うた》われた王妃に似て美々《びび》しい容姿をしている。

髪は全体的に短いが襟足のみ長めで肩にかかっており、銀に水色の水滴を垂らしたような髪色が涼やかな雰囲気の顔立ちによく似合っていた。

額を斜めに覆う前髪の下には、凛々《りり》しい眉と切れ長で翡翠《ひすい》色の三白眼《さんぱくがん》。やや小柄なパトリシアより頭ひとつ半ほど長身で、均整の取れた体つきだ。

彼の寝間着の薄いシルク生地が筋肉の逞《たくま》しさを否応《いやおう》なしに伝えてきた。

深呼吸しようと吸った息をどうしていいのか一瞬わからなくなり、むせてしまったら、冷たい印象の声をかけられる。

「風邪を引いたのか？」

そういう声質なだけで冷酷なわけではないと徐々にわかってきたところなので、怖いとは思わない。ただ、初めて見る寝間着姿には動揺していた。

（男性に対して色っぽいと感じるのはおかしい？　あまり殿下の方を見ないようにしよう。平常心を取り戻さないと普通に話せない）

「いえ、むせてしまっただけです。失礼しました」

浮き出しの蔦《つた》柄の壁に視線を留めて答えると、「そうか」と淡白に返されて間が空いた。

（なにを話せばいいのか、いつも以上にわからないわ）

静寂に包まれる中、夫がベッドに腰かけたのでパトリシアは見下ろす格好になる。

（私も座るべき？　ベッドのどの辺りに？）

どうにもおさまらない動悸に耐えながらやっとの思いで目を合わせたというのに、避けるように逸《そ》らされた。

形のいい彼の唇は両端が下がり、不機嫌そうだ。

それに気づいた途端、あれほどうるさかった鼓動が静かになっていく。

（そうよね。私に関心がないのに同じ部屋で寝なければならないのだから、嫌に決まっている。

でも目も合わせてくれないほどなんて。同じベッドは使わない方がいいみたい。こんなに嫌がられているのに隣で寝るのは私も悲しい）

「殿下の睡眠のお邪魔をしないよう、私はそちらのソファを使わせていただきます」

ドアに近い側に豪華なソファセットが置かれていた。

パトリシアの背丈なら足を伸ばせるので楽に寝られそうだ。

気を利かせたつもりでソファの方に爪先を向けたら、突然手首を掴《つか》まれて心臓が波打つ。

端整《たんせい》な顔には不似合いな皺が眉間に刻まれていた。

「俺は女性をソファで休ませるような男ではない。ともに寝るのが嫌だというのなら、俺がソファを使う」

「えっ？」

（嫌だと思っているのは殿下の方でしょう？）

思いがけず気遣われて驚くと同時に、恐れ多いとすぐさま遠慮した。

「殿下にそのようなことをさせられません」

「そう思うのなら、ふたりでこのベッドを使おう。君が構わないのであれば」

パトリシアの手首を掴む手に力が込められた。

一緒に寝ようと積極的に誘われているような気がして頬が熱くなる。

不機嫌そうに見えたのは気のせいだったのかと思い直し、嫌われていなかったことにホッとしてほんの少し微笑んだ。

「私は少しも嫌ではありません。殿下がお嫌なのではないかと思ったのです。目を合わせていただけなかったので……」

「そうか。勘違いさせてすまない。このような場合、どういう顔をすべきなのかと考えていただけだ」

（えっ、もしかして）

自分と同じように夫も気恥ずかしく思っていたのだろうかと目を瞬《しばた》かせる。

いつも堂々として気高《けだか》い王太子の彼が、恥じらうような性格には思えないが。

心情を読み切れず困惑しているパトリシアに、アドルディオンがわずかに口角《こうかく》を上げた。

サイドテーブルに置かれたオイルランプの火を弱めた彼はベッドの奥側に寝そべり、今度は目を逸らさずに妻を誘う。

「寝よう」

声に温度があるなら初対面での彼の声は冬のようだったが、今は湯浴《ゆあ》みした時のような温かさを感じる。

「は、はい」

暗くなった部屋の中で、一度おさまった動悸がまた始まる。

体が触れないよう拳五つぶんほどの距離をとって横になると、静かな中に彼の吐息が聞こえてさらに鼓動が高まった。

（隣を意識したらダメ。寝ることだけを考えよう）

しかし、そう思えば思うほどアドルディオンが気になって眠りは訪れそうになかった。

＊　＊　＊

時を遡《さかのぼ》ること七か月ほど前——。

今年もそろそろ終わろうかという頃、王都に建つクラム伯爵邸のリビングでは暖炉の火が暖かく燃えている。

かれこれ一時間半ほど動き続けているパトリシアには暑く、額に汗をにじませてダンスの練習に励んでいた。

オレンジ色の瞳に映るのは、不愉快そうなロベルトの顔だ。

「いつになったらマシに踊れるようになるんだ。俺に体重を預けるな」

「申し訳ございません、ロベルトお兄様」

二十歳のロベルトはクラム伯爵の次男で、伯爵夫妻とパトリシアとロベルトの一家四人がこの広い邸宅で使用人たちとともに暮らしている。

長男は遠方にある領地の管理を任されているため王都には住んでおらず、パトリシアは会ったこともない。

ロベルトがパトリシアに冷たいのはいつものことなので今さらショックは受けないが、少しは傷つく。

（一年前は兄がいると知って喜んだけど、仲よくしてくれるはずがなかった。ダンスの練習につき合わされて迷惑そう。でも口も利いてくださらない奥様よりはまだいいのかも）

奥様と呼んでいるのは、クラム伯爵夫人のことだ。

実母はかつて伯爵家にメイドとして仕えていた平民で、伯爵と婚姻関係はなく、パトリシアが伯爵令嬢としてここで暮らすようになったのはわずか一年ほど前である。

辺境の地にある海辺の小さな村で生まれ育ち、父が誰かも知らず村娘として生きてきたのだ。

庶子《しょし》である自分を伯爵夫人や兄が受け入れられないのは仕方ないと思い、家族からの冷たい言動に耐える日々だ。

（貧しくてもお母さんとふたり暮らしの方がずっと幸せだった）

リビングのソファに鎮座して手拍子でリズムを刻んでいるのはクラム伯爵である。

伯爵夫人はパトリシアの顔も見たくないとばかりに、ダンスの練習が始まってすぐ私室へ移動した。

五十歳間近の父親は中背でほっそりとし、パトリシアと同じ暖かみのある瞳の色が優しそうな印象を与える。しかし性格は厳しく、家族であってもやすやすと意見できない絶対的な存在であった。

庶子の娘を伯爵家に迎えるにあたって夫人や兄たちが反対できなかったのは、そのせいだろう。

パトリシアは父親のチェックの視線を気にしながらワルツを踊り続ける。

（ダンスは苦手。村祭りでみんなで輪になって踊るのは楽しいのに。貴族の踊りは決まりごとが多くて神経がすり減りそう）

集中しなければと思っても、暑さで頭がぼんやりしてきた。

暖炉の火は父親の適温に合わせているので、パトリシアもロベルトも弱めてほしいと言い出せない。

するとステップを誤って兄の爪先を踏み、ダンスを中断させてしまった。

「あっ、ごめんなさい！」

肩をドンと突かれて侮蔑《ぶべつ》の視線を向けられる。

「口の利き方がなっていない。申し訳ございません、だろ。簡単なワルツのステップも覚えられないとは呆れるな。お前は貴族より庶民の血の方を濃く受け継いでいるようだ。田舎に帰ったらどうだ？」

「申し訳ございません。次は気をつけます。どうかお許しください」

深々と頭を下げ反省している態度を示したが、反論したいのは山々だ。

（庶民っぽいのは仕方ないでしょう。去年まで普通の村娘だったんだから。私だって故郷に帰りたいわよ）

戻れないのには事情がある。

母親のクレアが大病を患《わずら》い、王都の病院に入院して多額の治療費が必要になったためだ。長年の働きすぎが祟《たた》ったのだろう。

十九年ほど前にクレアの妊娠がわかった時、クラム伯爵は用済みとばかりにわずかな金を握らせて実家に帰るよう言い渡した。

けれども実家は貧しく迷惑をかけられない。それでクレアはひとりで子供を産んで育てようと決意し、妊娠中から働かせてくれる場所を探して辺境《へんきょう》の海辺にたどり着いたのだ。

村人には親切にしてもらえたが、娘とふたりで生きていくのは楽ではない。

朝から晩まで働き詰めでついに体を壊した母に、パトリシアは申し訳なさを感じている。

なんとかして母を救いたかったが村医者には王都の病院でしか治療できないと言われ、多額の治療費を工面できずに途方に暮れていた。

そんな時に突然、父だと名乗るクラム伯爵が現れた。

『お前を心配してクレアが手紙を寄越したのだ。一緒に来なさい。私の娘として貴族教育を受けさせる』

『お父さんありがとう。でも私はこの村で暮らします。仕事もあるし、ひとりでも大丈夫よ。

お母さんだけ王都に連れていって治療をお願いします』

『勘違いするな。お前のために言ったのではない。私の娘として必要な教養を身に着けたのち、我が家の役に立つ結婚をさせる。妻には娘が生まれなかったのでな』

『そんな！　私は貴族になりたくないし、結婚なんて――』

『言うことを聞けないのであれば、クレアの入院治療費は出さないぞ』

父に従うしか選択肢はなく、悔しさをグッと押し込めて生まれ育った辺境の村に別れを告げたのだ。

（政略結婚は嫌だけど、お母さんが元気になってくれるならどんなことにも耐えられる）

貧しくて学校に通えず子供の頃から漁港や農園で働いてきたが、その苦労は母に比べれば小さいと感じている。

つらくても弱音を吐かず、いつも明るくパトリシアを育ててくれた母への感謝と愛情は深い。

村を出た時を思い出して決意を新たにし、強気な視線を前方に向けたら、ロベルトをさらに怒らせてしまう。

「なんだ、その反抗的な目は。気品も教養も、愛嬌《あいきょう》さえないのか。いくら外見を取り繕ってもすぐにボロが出る。お前は貴族令嬢にはなれない」

伯爵邸に移り住んでからというもの、厳しい淑女教育を受け、寝る間も惜しんで勉強した。学問だけでなく言葉遣いに種々のマナーを頭と体に叩き込み、刺繍にレース編み、ピアノ演奏に芸術鑑賞の仕方など、普通の貴族令嬢なら幼少期から徐々に身に着ける知識をたった一年で習得しなければならなかった。

血のにじむような努力である。

それがすべて無駄だったと言われた気がしてうつむいたら、ソファからたしなめるように手を鳴らす音がした。

「ロベルトは黙りなさい。パトリシアから自信を奪うな」

意外にも助け船を出してくれた父親が歩み寄り、娘の肩に手を置く。

「付け焼刃《やきば》ではあるが、ひと通りの礼儀作法を身に着けたのだから問題ない。社交に不慣れでも不自然に思われないよう噂も流してある」

〝深窓《しんそう》の令嬢〟――それが伯爵の作った噂だという。

遠い領地の田舎屋敷で大切に守り育てられたため社交界デビューが遅れたが、大変美しい淑女だと、あちこちで触れ回ったらしい。

「我が領地内に正妻の娘として戸籍も作った。自ら出自《しゅつじ》を語らねばわかるまい」

「は、はい……」

（深窓の令嬢？　漁港で魚を運んだり、農園でブドウを収穫したりしていた私が？）

黙っているよう命じられたためロベルトは口を挟まないが、その目は呆れていた。そんな嘘はすぐにバレると言いたげである。

パトリシアも見破られそうな気がして落ち着かず、嘘をつくのにも気が進まない。

「あの、お父様、もし私の出自が誰かに見破られてしまったら、どうなるのでしょう？」

恐る恐る問うと、伯爵がスッと笑みを消してすごみのある目をした。

「万が一そのような事態になれば、お前は我が家の恥だ。クレアとともに即刻、田舎に送り返す」

（お母さんを強制退院させるというの？　まだ治っていないのに困るわ。絶対にバレないようにしないと。できるかしら……）

「そう緊張するな。ロベルトが面倒を見てくれるから心配せず、お前は初めての舞踏会を楽しめばよい」

これまで他家の貴族と交流はなく、今夜開催される王城舞踏会が社交界デビューとなる。

この舞踏会は毎年年末に催されており、招待されるのは未婚の貴族だけなのだそう。

早い話が集団お見合いだ。

クラム伯爵夫妻は参加資格がないため、ロベルトがパトリシアの世話をするよう言いつけられていた。

兄は父親の後ろで嫌そうに顔をしかめ、パトリシアも楽しむとは程遠い心境である。

（ロベルトお兄様はずっと不機嫌だろうし、貴族の皆さんとうまく話せる自信もない。おまけに嘘をつかなければいけないなんて。行きたくない）

息子と娘の気持ちを少しも汲む気のない伯爵は、ひとりだけ機嫌よくニタリと笑む。

「お前は若い頃のクレアによく似ている。着飾れば美しい娘だ。王太子殿下に見初《みそ》められるのも夢ではないかもしれん。先月、殿下の側近にお会いした時にお前の話をしておいたのだ。殿下のお耳にも深窓の令嬢という噂が届いているだろう」

今年の王城舞踏会が特に注目されている理由は、王太子にある。

二十三歳の王太子は今まで浮いた噂のひとつもなかったそうだが、昨年から結婚相手を探し始め、今宵《こよい》の舞踏会でついに花嫁を決める予定なのだとか。

出世のために娘を王家に嫁がせたいと望む貴族は少なくないらしい。

「お膳立てはした。後はお前次第だ。頑張りなさい」

そう言われてパトリシアは目を丸くした。

(まさか、私に王太子妃になれというの⁉)

伯爵家のためになる結婚をさせるとは言われているけれど、王太子妃とは聞いていない。

(貴族らしく振る舞うだけでも大変なのに、王太子妃は無理よ。付け焼刃の私が選ばれるはずないわ)

思わず首をブンブンと横に振ったら、父の機嫌を損ねてしまった。

「努力もせずにできないと言うのではあるまいな?」

冷たい声で言われて背を向けられ、焦って言い訳する。

「いえ、違うのです。努力はいたします。ですが――」

「お前が王太子妃に選ばれたなら、クレアが完全に回復するまでの治療費と、その後の生活費の援助も約束しよう」

（それって、花嫁になれなかったら、これ以上の治療費は出さないという意味？　選ばれるはずないのに、そんなのひどいわ）

目の前が真っ暗になるような心地がした。

泣きそうな娘に振り向いた伯爵が、片方の口角をつり上げる。

「女は愛嬌も大切だ。にっこりと上品に可愛らしく笑いなさい」

（今は無理よ）

「いい報告を期待しているぞ」

（それも無理……）

ククッと笑う伯爵が後ろ手を組んでリビングを出ていき、煩《わずら》わしそうな目で妹を一瞥したロベルトも後に続く。

ひとり残されたパトリシアは、病床の母の青白い顔を思い出して泣きそうになっていた。

時刻は十七時。舞踏会への出発の時刻が迫っている。

パトリシアは二階の自分の部屋で侍女に髪を結ってもらっていた。

「だいぶ伸びましたね。色んなアレンジができるようになって、お嬢様の髪をいじるのが楽しいです」

落ち込むパトリシアを励まそうとしてか、侍女は明るく話しかけてくれる。

鏡台に向かって座るパトリシアは鏡越しに目を合わせ、その気遣いに応えようと無理して笑みを作った。

「エイミ、ありがとう」

エイミはパトリシアのために雇われた男爵家の長女である。

二歳年下の十六歳で、顎の長さで切り揃えたくちなし色のストレートヘアがよく似合っていた。気立てがよく朗らかな性格をしており、クリンと丸い目やそばかすが可愛らしい。

上手に髪を結ってくれるエイミにパトリシアの眉尻が下がる。

いつもは着替えも髪を結うのも自分でしているが、夜会用のドレスはひとりでは着られない構造で、華やかに髪を飾る腕もないため今日はエイミの手を借りた。

村娘の自分の世話を本物の貴族令嬢にさせているのが申し訳ない。

「手伝わせて、ごめんなさい」

「私はパトリシア様の侍女ですから、当たり前のことをしているんです。謝らないでください」

「だってあなたは貴族なのに」

「名ばかりですよ。父は領地のない雇われ人です。お嬢様は私に気を使いすぎなんです」

弟と妹が六人いて生活に余裕がなく、実家を支えるために奉公しているという話は出会った日に聞いた。

エイミとすぐに打ち解けて仲よくなれたのは、家族のために頑張るという姿勢が同じだからだろう。

髪を飾り終えたエイミが一歩下がって仕上がりを確かめる。

「いけない。ネックレスを取り替えるのを忘れていました。こちらは外しますね」

貧しい村娘だった時から肌身離さずつけているネックレスがある。

安物のチェーンに通したペンダントトップは故郷の海の色に似た宝石で、子供の頃に手に入れたものなのだが、その過程を少しも覚えていない。

特別な思い入れはないけれど色に惹《ひ》かれて大切にしていたら、いつの間にか心を落ち着かせるお守りのような存在になっていた。

伯爵邸での厳しい淑女教育に歯を食いしばる日々の中で、夜な夜な胸元から引っ張り出してはその色を眺めて心を慰めたのだ。

外したくないが舞踏会につけていくのに相応《ふさわ》しいものではないとわかっているため、なにも言わずに頷《うなず》いた。

取り外されたお守りをぎゅっと握ってから、大切に鏡台の引き出しにしまう。

（胸元がスースーして心細い。ただの村娘の私に王太子妃を狙えだなんて、あんまりな要求だ

わ）

心の盾を失った気分でさらに落ち込むと、エイミが励ましてくれる。

「誰がなんと言おうとパトリシア様は立派な貴族です。旦那様の娘なんですから当然ですよ。もっと威張ってください。こんな風に」

エイミが顎先を上向け、作ったような声で高飛車な言い方をする。

「伯爵令嬢のこの私と踊りたいと仰るの？　仕方ありませんわ。お相手になって差し上げてもよろしくてよ」

少々童顔で可愛いエイミには似合わない態度に、パトリシアは吹き出して笑う。

この一年間、つらいことばかりではなく、彼女とのお喋りはいつも楽しかった。妹ができた気分であれこれと世話を焼き、『逆です』と指摘されて笑い合ったこともあった。

やっと笑顔が戻ったら、エイミがホッと息をついた。

「私も家族が大切なので、お嬢様のお気持ちはよくわかります。旦那様のご命令はひどいと思いますけど、こうなったら頑張りましょう」

「そうよね。やれるだけやってみる。自信は少しもないけど、お母さんを守れるのは私しかいないから」

「こんなにおきれいなんですから、殿方の注目を浴びるのは間違いないです。王太子殿下のお目にもきっと留まるはずです」

「ありがとう。可能性はゼロではないわよね。奇跡を信じて、王太子殿下にお声をかけてみるわ」

決意に手を握りしめて立ち上がると、ドレスの裾がふわりと広がった。

落ち着いたサーモンピンクのドレスは背中や襟ぐりが広く開いて肌の露出が気になるが、夜会着とはこういうものらしい。

生地には刺繍が施され、レースがふんだんにあしらわれた豪華な逸品である。

髪を飾るのはルビーをはめ込んだ銀のヘアアクセサリーで、ネックレスと揺れるイヤリングは大粒の真珠だ。

父親が用意した豪華な衣装とジュエリーは自分に似合わないと感じ、いくら舞踏会といっても飾りすぎのような気もする。

(でも、これだけ着飾れば私でも貴族っぽく見えるわね。馬子にも衣裳だわ。エイミがきれいと言ってくれたんだから、それを信じて頑張ろう)

元来は明るく前向きな性格である。鏡に映る華やかな自分を心の中で鼓舞したら、ドアの向こうからロベルトの怒声が響いた。

「なにをもたもたしている。出発時間を過ぎたぞ。俺を待たせるな！」

「は、はい。ただいま参ります」

襟にファーのついた外套を羽織ったパトリシアは、エイミに見送られて急いで自室を出た。

礼服姿のロベルトとともに馬車に乗り、雪のちらつく中を王城へ向かう。

辺りはすっかり夜の暗さだが、道幅の広いメインストリートに出ると周囲がよく見えた。

外灯が等間隔に立ち、軒を連ねる店々の窓は明るい。

この辺りは石やレンガ造りの四、五階建ての立派な建物が並んで、一階は店舗、二階以上は集合住宅となっているそうだ。

生まれ育った村には平屋しかなかったので物珍しく車窓を眺める。

(どんな品物があるんだろう。お店の中を覗いてみたい)

この一年間、月に一度の母のお見舞い以外の外出を禁じられていたため、どの店にも入ったことがない。

遊びにいく暇があるなら勉強しろという意味かと思っていたが、出自がバレるのを防ぐ意味合いだったのかもしれない。

まだ貴族らしい振る舞いができない時に買い物に出かけ、その様子を他貴族に見られたら、深窓の令嬢だと言ったところで信じてもらえないだろうから。

「あのお店、レストランだわ。どんな料理があるのかしら」

興味をそそられて独り言として呟《つぶや》いたのだが、隣に座る兄に鼻を鳴らされた。

「随分と余裕だな。父上の言葉を真に受けて王太子妃になれるとでも思ったのか?」

隣を向けば侮蔑の視線が突き刺さる。

（そんなに嫌味な言い方をしなくてもいいのに）

不満が顔に表れぬよう気をつけて控えめに反論する。

「なれるとは思っていません。でも精一杯、頑張ります。母の治療費がかかっていますから。あの、王太子殿下はどのような方ですか？」

クラム伯爵家と付き合いのある家や有力貴族については淑女教育の中で教わった。力関係や家族構成、領地の場所や産業についてである。

王家に関しても基本的な情報は頭に入っている。

国王夫妻と王太子の一家三人が王城内で暮らし、三人の王女はすでに他家に嫁いでいる。二年前から国王が病に伏しており、政務の大半を王太子が代行しているそうだ。

『若いながらご立派に陛下の代わりを務めていらっしゃる。この国の未来は安泰だ』

国民にそのように思われていると教本に書いてあった。

それだけの知識しか持ち合わせていないので、王太子に声をかけても会話を弾ませられる自信がない。できれば趣味や関心事が知りたいと思い兄に尋ねたのだが、嘲笑《ちょうしょう》されただけだった。

「いくら努力しても無駄だ。王太子妃はハイゼン公爵家のエロイーズ嬢で内定している。年はお前のひとつ上の十九歳。非の打ちどころのないお嬢様だ」

「えっ、今夜の舞踏会でお決めになるというお話では？」

「お前はバカか。妃をたったひと晩の直感で決めるわけがないだろう。今夜は発表の場に過ぎない」

ハイゼン公爵家は王家の遠縁にあたる有力貴族で、一族の男性の多くが政府の重役についている。

当主のハイゼン公爵は王太子が少年の頃まで教育係としてそばに仕え、そのため娘のエロイーズとも自然と交流する機会が多かったそうだ。

他の有力貴族も我が娘をと画策《かくさく》していたが、エロイーズで決まったという噂がまことしやかに囁《ささや》かれているらしい。

パトリシアは眉根を寄せた。

「お父様はその噂をご存じないのですか?」

クラム伯爵は官職に就いており、週に三、四日は王城へ出向いている。

王城勤めではないロベルトの耳にも届いている噂を伯爵が知らないはずはないと思うのだが、それならば王太子妃になれとは言わないだろう。わけがわからない。

「もちろん父上も知っている。王太子妃を狙えと言ったのはおそらく、お前の価値を高めるためだ」

(ますますわからないわ)

困惑する妹を横目で見ながら、ロベルトが種明かしを楽しむように説明する。

クラム伯爵家は国内に百ほどある貴族の中で、〝上の下〟くらいの権力である。

有力とは言えない家柄なので、パトリシアがなにもしなければ王太子からダンスに誘われないだろう。

しかし努力して声をかければ、一曲は踊ってもらえるかもしれない。

もし気に入られて二曲を踊ることができたなら、パトリシアの注目度は上がり、他の男性からも声がかかるはずだ。

それは社交界デビューが遅れた娘の価値を高めるための戦法で、その後はどうするのかというと——。

「いい条件で売るんだよ。お前を」

ニヤリと口角を上げた兄に、パトリシアは背筋が寒くなった。

「売るって、どこにですか？」

「グラジミール卿だ。結婚という名の身売りだな」

（その名前は憶えているわ。たしか……）

淑女教育の教本を思い浮かべ、頭の中で急いでページをめくった。

『先代のハイゼン公爵の弟で、六十歳。二度の離婚歴がある。南東の領地は細長く海沿いにあり、海運業と漁業、港の使用料が主な収入源。頑固で欲深い性格』

嫌な印象が書かれていたのを思い出し、パトリシアは慌てて首を横に振った。

「私は十八ですよ？　年齢があまりにも離れていると思います」

「年などどうでもいい。重要なのはグラジミール卿が持つ港の使用料だ」

クラム伯爵領は内陸に位置し、海がない。そのため穀物や果実を遠方に出荷する際にはグラジミール卿領内の港を利用している。

その使用料が年々上がり続けて財政の負担になっており、娘を嫁がせることで減額を期待しているそうだ。

グラジミール卿の方は厳しくしすぎてふたりの妻に逃げられ、現在三度目の結婚相手を探しているというので喜んで取引に応じるだろう。

つまり取引材料であるパトリシアの価値をできるだけ高め、港の使用料を安くしてもらおうという算段らしい。

パトリシアは青ざめて唇を震わせた。

（お父様はどうして私に嫁ぎ先を決めていると話さなかったの？　私が結婚を嫌がって逃げ出すと思ったから？　こんなの騙《だま》された気分よ）

離縁したふたりの妻がひどい目にあったのだろうと思うと鳥肌が立った。グラジミール卿だけでなく、娘にひとかけらの愛情も持たない父親にも嫌悪感を覚える。

唇を噛んでうつむいていたら、ロベルトが高笑いした。

なにがおかしいのかと眉根を寄せて顔を上げると、笑いをおさめた兄が愉快そうに言う。

「父上にグラジミール卿との結婚は嫌だと言えばいい」

「そんなことをすればお母さんの治療費が――」

「病気の母親を連れて村に帰れよ。目障《めざわ》りなんだ。お前の母親のせいで母上がどれだけ苦しめられたと思っている。いい気味だ」

スッと真顔になったロベルトを見て、パトリシアは動揺した。

(奥様の苦しみにまで思い至らなかった……)

伯爵夫人からしたら、伯爵の愛人だった母は憎むべき存在だ。夫を取られた悔しさで眠れぬ夜もあったのではないだろうか。

愛人が伯爵家から追い出されて年月が経ち、せっかく夫の不貞を忘れかけていたというのに、庶子の娘を引き取ると言われて当時の気持ちが蘇ったに違いない。

伯爵夫人に申し訳ないと思ったが、同時に母を擁護《ようご》したい気持ちも湧く。

(嫌だったって言っていたもの)

パトリシアの目に映る父親は利己的で冷たく、どうして母が恋愛感情を持てたのか疑問だった。

それでお見舞いに行った際に父親のどこに惹かれたのか聞いてみたら、『本当は嫌だった』とポツリと言ったのだ。

すぐにごまかすように話題を変えられてしまったが、その言葉だけで当時の母の状況が推測できた。

愛人になどなりたくなかったが、伯爵に逆らえばメイドの仕事をクビにされてしまう。貧しい実家に仕送りするために必死に耐えていたのではないかと。

優しい母ならきっと、伯爵夫人に対して懺悔《ざんげ》の気持ちも抱いていたことだろう。

パトリシアに対しても母は何度も謝っていた。

『私が死んだ後のあなたの生活費の援助をお願いしたから、こんなことになってごめんなさい』

自分はどうなってもいい、つらければ村に帰るようにと、見舞うたびに母は言った。

治療費がパトリシアの結婚と引き替えだという話はしていない。そんなことを教えたら、病気の体に鞭打って無理やり退院してしまうだろうから。

内省に沈むパトリシアを兄が睨《にら》むように見つめている。

わざとショックを与えるような言い方をするのは、母親の敵だった女の娘を苦しめることで復讐しようとしているせいかもしれない。

ロベルトは母親想いなのだと気づくと、パトリシアの方は嫌いになれなかった。

「長年にわたって奥様を苦しめたこと、母に代わりお詫び申し上げます。私が伯爵家に住むようになり、奥様もお兄様もおつらかったでしょう。それについても申し訳なく思います」

兄に対しては心から頭を下げる気になったけれど、父親に対する思いは複雑である。

「母の治療費を出してくださり深く感謝しております。ですから私の嫁ぎ先がどこであろうと構いません。どうぞ私を伯爵家のために使ってください」

前半は本心だが、後半を述べるには悔しさをグッとこらえねばならなかった。

（お父様を好きになれない。過去には奥様やお母さんの気持ちを踏みにじり、今度は私を物のように扱う。価値を上げて取引材料になれですって？　私だって意思のある人間なのに。すべてがお父様の思い通りに進むのは悔しい）

顔を上げたパトリシアの強い眼差しに、ロベルトが怯《ひる》んだように頭を引いた。不愉快そうに鼻を鳴らしてそっぽを向いたその後は、石畳を進む車輪の音だけが響いていた。

二十分ほどで王城に到着すると、巨大な城門をくぐる。

広大な前庭はうっすらと積もった雪で雪原のようだ。

城壁内には複数の建物があり、中央にそびえる尖塔を備えた大邸宅に舞踏会用のダンスホールがあると聞いた。

王族の居室や客室、謁見《えっけん》室に応接室、議場や政府機関も入っているそうで、重厚かつ壮大で豪奢な四階建ての邸宅である。

（こんなに大きな建物は初めて。お城に比べたら、村で暮らしていた家は物置以下だわ。本物の貴族たちが大勢いる中で、村娘の私がうまく話せるかしら）

明らかに場違いで気後《きおく》れしていると、大邸宅前で馬車が止まった。

御者の手を借りて降り、玄関ホールで王城の使用人にコートを預ける。

見慣れぬ豪華さに興味をそそられたが、きょろきょろしないよう気をつけて廊下を進み、ダンスホールのある二階に上がった。

革張りに鋲《びょう》を打った両開きのドアは開放されていて、嫌そうなロベルトと腕を組んで入場する。

「クラム伯爵家のロベルト様、パトリシア様がご来場になりました」

使用人男性が声をかけたのは、ハッとするほど麗しい青年貴族だ。

グレーの上着に白いズボンの夜会着は襟や袖に金刺繍が施され、肩章がついている。豊かなドレープのジャボに留められているブローチは、大粒のダイヤモンドではないだろうか。

均整の取れた長身に涼やかな面立ちで、銀に青空を混ぜたような髪色が目を引いた。

凛々しい眉の下の翡翠色の三白眼が知的でクールな雰囲気を醸《かも》している。

立ち姿に気品と気高さがあり、神々しささえ感じて息をのんだ。

(これが、本物の貴族……)

父親とロベルトも生まれながらの貴族だが、五メートルほど先にいる彼がまとう雰囲気は桁違いに洗練されていた。

「王太子殿下だ。せいぜい頑張ればいい」

ロベルトに小バカにしたように耳打ちされ、自分の愚かさに気づく。

（頑張ればどうにかなるかもしれないと、一瞬だけでも思ったのは間違いだった。王太子殿下は別世界の人よ）

作り笑顔の兄に引っ張られるようにして王太子の前に進む。

「王太子殿下、お久しぶりにございます。夏の天体観測サロン以来ですね。今宵はお招きくださいまして誠にありがとうございます」

「ようこそ。サロンでの貴殿の月に関する新説は興味深かった。来夏の集いにもぜひご参加を。今宵はダンスと食事を楽しんでください」

「ありがとうございます――」

ロベルトに横目でチラッと見られてハッとした。ここが自己紹介のタイミングだったようだが、気づくのが遅かった。

開催時刻は間もなくで、続々と到着する貴族たちが挨拶の順番待ちの列をなしている。

後ろにいた貴族男性が終わったなら早くどけとばかりに進み出て、王太子と話し始めてしまった。

今から挨拶するわけにいかず、一礼してその場を離れるしかない。

壁際まで移動してロベルトに鼻で笑われる。

「あれがお前の頑張りというものか？」

「タイミングが掴めなかったんです」

「愚鈍だな。お前を連れ歩くのは苦痛だ。ここまでエスコートしてやったんだからもういいだろ。後は終了までひとりで過ごせ」

「えっ？」

世話役を放棄されて焦る。クラム伯爵家と繋がりのある貴族や有力貴族名は頭に入っているけれど、誰の顔もわからない。

ひとりの時に誰かに話しかけられたらどうしようと不安になり、出入口に向けて歩き出した兄の背を呼び止めた。

「ロベルトお兄様はどちらに？」

「俺はここにいる意味がない。後継ぎではないから妻は不要。どこかで時間を潰して終了時刻に迎えにきてやる」

ロベルトに結婚願望はないようで、集団お見合いのような舞踏会を煩わしく思っているらしい。足早にホールから出ていった。

（ひとりにされてしまった。どうしよう）

心細さにオロオロしたが、はたと気づいて目を瞬かせる。

（私を見張る人はいない。ということは、気を抜いてもいいんじゃない？）

会場内でパトリシアがなにをしても、見ていない兄は父に告げ口できない。

それならば淑女らしい振る舞いも、他貴族と交流する必要もないのではないだろうか。

王太子妃の座を狙う意味がないと知った今は頑張る気になれなかった。馬車内で感じた悔しさが胸に燻《くすぶ》ってもいる。

（すべてがお父様の思惑通りに進むのは納得いかない。港の使用料の減額なんて、私の知ったことでないわ。王太子殿下からダンスに誘われない方がいい。お父様の期待通りに私の価値が上がるのは嫌だもの。ここから先は自由にさせてもらいます！）

そう決めた途端、心細さも緊張もきれいさっぱりと消え去って、久しぶりに清々しい開放感を味わった。

心がただの村娘に戻ったら素朴な好奇心に突き動かされ、豪華な会場内を物珍しく見渡す。右を向けば揃いの衣装の宮廷楽団がダンスの開始を待っていて、左を見れば奥の方に白いテーブルクロスをかけた長テーブルが並んでいた。

ダンスの合間に立食で食事ができるようだ。

たちまちパトリシアの目が輝いた。

（大皿のご馳走がたくさんある。ここからじゃどんな料理か見えないから近くに行きたい。食べたことのない食材や調味料が使われていそう。王城の料理ならきっと驚くほど美味しいに違いない！）

いそいそと立食テーブルの方へ移動を始めたら、ホールの扉が閉まって開催を告げる声が響いた。

招待客は百五十人ほどだろうか。

男性は落ち着いた色合いの礼服の者が多いが、女性は色とりどりのドレスや煌《きら》びやかなジュエリーを身に着けて華やかだ。

出かける前に着飾りすぎだと感じたが、むしろパトリシアは控えめな方である。

それについてなにを思うこともなく、目の前のご馳走にすっかり心を奪われていた。

(すごいわ！)

十メートルほどに繋いだ長テーブルが三列あり、前菜からデザートまで何十種類もの料理が美しく盛りつけられている。興奮しないわけにいかない。

(このサラダの黄色い野菜はなんという名前かしら？　ドレッシングに入っている赤いツブツブはなに？　後から調べるために筆記用具を持ってくればよかった)

長テーブルの間をうろうろしながら興味津々に眺めていると、給仕係の使用人に奇異な目で見られる。

他の貴族はまだ誰も料理を取りに来ていない。

それもそのはずで今は王太子がホールの中央で挨拶をしていた。

『今年も無事に舞踏会を開催でき喜ばしく思います。これは我が国の平和と秩序が保たれているからであり、皆様の日頃からの王家への助力に感謝します。私の招待を受け、雪の降る中を――』

伸びやかなバリトンボイスが会場内に響く。

招待客たちは王太子を取り巻くように集まって静聴し、うっとりとした顔の令嬢もいた。

女性から熱《ねつ》視線を送られるのは王太子という高い身分だからだけでなく、その美貌や醸し出される気品、気高さも理由なのかもしれない。

彼を見ていない女性は、どうやらパトリシアだけのようだ。

（早く食べたいけど挨拶中は失礼よね。早く終わらないかな）

『それでは皆様、心ゆくまでダンスと語らいをお楽しみください。音楽を』

宮廷楽団が舞踏曲を奏《かな》で始めると、皆の注目の中で王太子が濃い紫色のドレスをまとった美しい令嬢を誘った。

他の貴族たちも次々とペアを作り、王太子に続いて三十組ほどが優雅に踊りだす。クルクルと舞う女性のドレスの裾が広がって実に華やかな光景だ。

（お花が咲いたみたいにきれいね。このデコレーションケーキは）

甘いものには目がないが、ケーキを取るのは我慢した。

（まずは味の想像ができない料理から。デザートでお腹がいっぱいになったら、味を知らずに終わってしまう。そんなのもったいない）

給仕の使用人に声をかけ、数種類の料理を少量ずつ取り分けてもらう。

（このテリーヌは鮭とヒラメをムースにしてある。生クリームとレモン果汁、ナツメグと……

この香りはなんのお酒を使っているんだろう。こっちのボイルした大きな海老にかけられているソースは卵黄とバター、ビネガー、トマトが入っていて、それと私の知らない香辛料が使われているわ。酸味が癖になりそうですごく美味しい。勉強になる！）

パトリシアは料理をするのが大好きだ。

忙しい母を助けたいと幼い頃から台所に立ち、十歳になる前にはひと通りの郷土料理を作れるようになった。

働いている漁港で品物にならない魚介がただで手に入り、近隣農家からは野菜を分けてもらえたので、貧しくても食卓は充実していたように思う。

『美味しい』の言葉が聞きたくて色々な料理を作っては村人たちにも振る舞い、そうしているうちに腕前がめきめき上がって『お店を出せそうだね』と言ってくれる人もいた。

しかし伯爵邸に住むようになってからは一度も料理をしていない。

『料理は使用人の仕事だ。伯爵令嬢の自覚を持て』

そのように父に叱られ、調理場に入ることを許してもらえなかったのだ。

ずらりと並んだ王城のご馳走に料理欲求が刺激され、夢中で味とレシピを覚えようとしていた。

するとテーブルを挟んだ正面から影が差し、顔を上げると三人の若い貴族女性がこちらに背を向けて並んで立っていた。

興味がなくても彼女たちの会話が耳に入る。

「王太子妃になられてからも、私と仲よくしてくださいませ」

「それはこちらの台詞《せりふ》ですわ。あなたが殿下の花嫁に選ばれましても、お友達でいましょう」

「謙虚ですわね。皆さんが王太子妃は決まったようなものだと仰っていますのに」

「最終的にお選びになるのは殿下ですから。今の段階でわたくしは、会場にいらっしゃるどの女性とも同じ立場ですわ」

「そんなことありませんわよ。殿下が真っ先にお誘いになったじゃありませんか。二曲続けて踊られたのもエロイーズさんだけですわ」

どうやら真ん中の濃い紫色のドレスを着た令嬢がハイゼン公爵家のエロイーズのようだ。

馬車内で聞いたばかりの名前が出たので、パトリシアはもぐもぐと口を動かしながら考える。

(王太子妃に内定しているというのはこの方なのね。たしか……)

頭の中で貴族名鑑をめくる。

『王家に次ぐとも言われる権力者の末娘で十九歳。美しく教養があり嗜《たしな》み深く、ピアノとバイオリンの名手。趣味は観劇と詩集の朗読で、彼女が主催するお茶会が頻繁にあり、それに招待されるのが同年代の貴族にとってステータスのようになっている。知人、友人が多い』

非の打ちどころのないお嬢様で、王太子妃の話が出る前から一目置かれた存在だったということだろう。

彼女の艶《つや》やかなブロンドの髪は美しく華やかに結い上げられ、ダイヤを散りばめたティアラを髪飾りとしている。

ほっそりとした白い首には三連のダイヤのネックレスが輝き、レースの手袋の上にも揃いのデザインのブレスレットをつけていた。

ドレスは素人目にもわかるくらい生地が上質で、最上級の縫製技術で仕立てられた逸品に違いない。

思わず見惚《みほ》れてため息がもれる。

(童話のお姫様みたいにきれい。みたい、じゃ失礼よね。王太子妃になられる方なんだから、今からもうお姫様と呼んでいいのかも)

三人の令嬢はお互いを褒《ほ》め合い、羽根扇で口元を隠して上品に笑っている。

給仕の使用人に料理を勧められても断っており、それならばなぜ立食コーナーに来たのかと不思議に思った。

(ここが空いているから？　そういえば男性が何人か来ただけで、食べている女性は私だけ。貴族令嬢は食べないの？　こんなに美味しいご馳走が並んでいるのに、もったいない)

「すみません、こちらとそちらのお料理を取り分けていただけますか？」

手元の皿が空になったので給仕の使用人に声をかけたら、目の前の三人が吹き出すように笑った。

なにが面白いのだろうと会場内を見渡したが、優雅なダンスが続いているだけでなにも変化がない。

パトリシアが首を傾げたら、エロイーズの左隣に立つ女性が先ほどより声を大きくする。

「あのお噂はなんだったのかしら。どんな素晴らしいお嬢様かと思っていましたのに、私たちのライバルになりそうだなどと悪い冗談ですわ」

右隣の女性も言う。

「誰とも踊らず食べるばかりで、随分と卑《いや》しい深窓の伯爵令嬢ですこと」

（私のこと？）

ここにはひとりも知り合いがいないので、挨拶をしなければ誰も自分に気を留めないと思っていたが、父が流した噂のせいで注目されていたようだ。

噂を聞いた彼女たちはきっと、パトリシアの存在を少しは脅威に感じていたのだろう。ところが実物が噂とかけ離れていたので拍子抜けし、焦らされた分、嫌味を言いたくなったのかもしれない。

食べ続けていたのを見られていたと知ったら急に恥ずかしくなり、フォークを置いた。

チラッと肩越しに振り向いたエロイーズが灰赤色の目を弓なりにする。バカにしたようにクスリと笑った直後、はっきりとした二重のその目をなぜか見開いた。

「クラム伯爵家のパトリシア嬢、私と一曲踊っていただけますか？」

左横から聞こえた美声に驚いて振り向くと、いつの間にか王太子が立っていた。麗しい顔に紳士的な笑みを浮かべ、品のある所作《しょさ》で右手を差し出してくる。

入場時に挨拶するタイミングを逃していたため、まさか話しかけられると思わなかった。

（どうして私を？）

彼はエロイーズだけでなく多くの女性と踊っているようだ。もしかすると招待したすべての女性に対して分け隔てなく誘わなければと気を使っているのかもしれない。

（にこやかだけど目が笑っていないわ。休む暇もなく踊り続けてお疲れなのかしら。それなのに私のような者にまで声をかけなければならないなんて、王太子殿下は大変なのね。無理して踊ってくださらなくていいのに）

パトリシアの方としても踊りたくない。

貴族女性としての自分の価値が上がり、娘を取引材料としか考えていない父親を喜ばせてしまうからだ。

非情な父に対する悔しさがまた込み上げてきて、差し出された手を取らずに頭を下げる。

「お誘いくださいましてありがとうございます。ですが私はダンスがとても下手なんです。王太子殿下のおみ足を踏んでしまうと申し訳ないので、こちらで食事しております。どうぞお気遣いなく」

別世界を生きているような神々しい王太子と平気で話しているわけではなく、かなり緊張している。

ぎくしゃくした動きで顔を上げると、彼が目を見開いていた。

誘いを断る女性がいると思わなかったのかもしれないが、すぐに口元に笑みを取り戻し、軽く頷いた。

気分を害した様子ではなかったのに、エロイーズ以外の令嬢たちが声高に口を挟む。

「あなた、王太子殿下になんということを仰るの。失礼にもほどがありますわよ！」

「いくら田舎暮らしが長いからといって、許されませんわ。無礼をお謝りなさい！」

「えっ……」

（ダンスの誘いを断ってはいけなかったの？）

一応貴族に見えるレベルには礼儀作法を学んだつもりでいたが、実践の場に出ないとわからないこともある。

慌てて謝ろうとしたパトリシアより先に王太子が口を開く。

「謝罪はいらない。私の誘いだからといって無理に応じる必要はないのだ」

かばってくれたようにも思えたが、それにしてはこちらに向けられた眼差しに優しさが感じられない。

周囲がなにごとかとざわざわしており、舞踏会の主催者として早くこの場をおさめたかったのかもしれない。

パトリシアを非難した令嬢たちは不満そうに顔を見合わせている。

「アドルディオン殿下」

鈴のようにきれいな声をかけたのはエロイーズだ。いつの間にかテーブルを回ってこちら側に来ており、振り向いた王太子に微笑みかける。

ファーストネームで呼ぶことを許されている女性はきっと少なく、それほどまでに親睦が深いということだ。

「皆さまがなにに遠慮なさっているのかわかりませんけれど、殿下の他にわたくしをお誘いくださる殿方がおりませんの。壁の花でいるのにそろそろ飽きていたところですわ」

「ではもう一曲、私と踊っていただけますか？」

「喜んで」

上品な笑みを浮かべたエロイーズが王太子に腕を絡ませた。

ダンスの輪に戻ろうとしているふたりは美しく、まるで童話の挿絵のようだ。

（お似合いのおふたりね。私がダンスを断って騒ぎにならなくてよかった）

ホッとしているパトリシアと違い、残されたふたりの令嬢はヒソヒソと陰口を叩く。

「あんな言い方ずるいわ。殿下は誘わないわけにいかないじゃない」

「エロイーズさんは私たちに損な役回りをさせて、いつも自分だけ美味しいところを持っていくのよ。謙虚なふりをしてしたたかなところが嫌いだわ」

「王太子妃の発表前に帰ろうかしら。祝福する気になれないもの」

(最初は仲がよさそうだったのに……)

パトリシアが生まれ育った村は、素朴で裏表のない性格の者ばかりだった。

エロイーズがいなくなった途端に悪く言うふたりに眉根を寄せ、貴族の付き合いは難しそうだと感じていた。

夜が更ける中、入れ代わり立ち代わりで優雅なダンスが続いている。

踊り疲れた客たちが食事をしに来るので、テーブルの周囲には人が増えていた。

女性の姿もちらほら見かけるようになり、今はもうパトリシアに奇異な目は向けられていない。

誰に話しかけられることもなく心を楽にして食事ができるけれど、料理を口に運ぶフォークの動きは遅くなっていた。

(お腹が苦しい。でもまだレシピが気になる料理がある。食べないと)

料理を作って人に振る舞うのが好きなだけで大食《たいしょく》ではない。この機会を逃せば二度と王城の料理を味わえないと思うため、無理して食べ続けていた。

(うっぷ。デザートは少し休憩してからじゃないと入らないわ。終了までどのくらい時間があるの?)

招待状には開催時刻は記されていたが、終了は書かれていなかった。

舞踏会が初体験のパトリシアにはいつ終わるのかわからない。

しかしメインイベントの王太子妃の発表がまだなので、食べていない料理に心を残したまますぐに終了とはならないはずである。

近くの壁際には休憩のための椅子が十脚並べられており、端の席が空いたので腰かけてひと休みした。

隣にはパトリシアと同年代に見える女性がいて、その横に座る青年貴族にしきりに話しかけられている。

「今宵の出会いは運命だ。美しいあなたを私の両親もきっと気に入ることでしょう。我が家の晩餐《ばんさん》にぜひご招待したい」

「ありがとうございます。ですが、父に聞いてみなければ、まだなんともお返事できません」

「では招待状をお送りして返事を待ちましょう。晩餐会はそれでいいですが、あなたのお気持ちだけ今、聞かせていただきたい」

強気に迫る青年貴族に、純情そうな令嬢が眉尻を下げて頬を染めていた。

他人の恋愛事を覗き見ている気分で、パトリシアまで顔が熱くなる。

(聞かない方がいいと思うけど、座ったばかりで席を立つのは不自然。どうしよう)

「私の気持ち、ですか?」

困ったように隣の令嬢が言い、視線をダンスホールの中央に向けた。

三十組ほどの男女がワルツを踊っていて王太子の姿もある。

相手は見知らぬ令嬢で、彼はほとんど休みなく三時間ほど踊り続けているようだ。

疲れているだろうに、それを少しも感じさせない優雅なステップに感心した。

（作り笑顔をキープするのも大変そう。私には無理だわ。それとも生まれながらの貴族は慣れているの？）

王太子に気を取られていたが、「なるほど」と青年貴族の低い声がして意識が隣のふたりに戻る。

「あなたのお気持ちはわかりました。しかしご存じですよね？　王太子妃がハイゼン公爵家のエロイーズ嬢でほぼ決まっていることを」

うつむいてしまった令嬢を見て、王太子に恋をしていると気づいた。

「可哀想《かわいそう》に。私が慰めてあげましょう。失恋の傷などすぐに癒えます」

青年貴族が肩を抱こうとすると、彼女が慌てて立ち上がった。

「晩餐会のご招待はお断りいたします。失礼しますわ」

相手の気持ちも考えず強引すぎたようだ。

拒否された青年貴族は不服そうに舌打ちし、ボソッと呟く。

「格下の家柄のくせに生意気な」

（それが本音なの？　ふられて可哀想だと思えない）

足早に去っていった令嬢を目で追うと、談笑する集団の前で足を止めていた。

彼女が挨拶したのはエロイーズだ。恋敵に対して嬉しそうな顔で話しており、純情そうに見えた彼女も貴族らしく本音を隠せるらしい。

エロイーズを囲んでいる貴族は二十人ほどいて、そわそわと落ち着かない様子の女性やしきりに周囲を気にしている男性が気になった。

（あっ、そうか。王太子妃の発表がもうすぐなんだ）

それならデザートを食べてしまわなければと急いで席を立つ。

満腹感は変わっていないが、発表後にすぐ閉会するかもしれないからだ。

テーブルの方へ爪先を向けた、その時——。誰かが急に目の前に立ち塞がり、危うくぶつかりそうになる。

驚いてその顔を見上げると、紳士的な笑みを浮かべた王太子だ。

美しく涼しげな瞳がわずか一歩の距離にあり、パトリシアの鼓動が跳ねた。

（どうして私の前に？）

間もなく発表なのかと思ったのは間違いなのだろうか。

なぜ進路を塞がれたのかもわからないが、一歩下がってとりあえず謝罪をする。

「ぶつかりそうになって申し訳ございません。失礼いたします」

深々と頭を下げてから脇をすり抜けようとしたら、「待て」と引き留められた。

「パトリシア嬢、私と踊っていただけますか？」

なぜか周囲にも聞こえるような声量で誘った王太子に、たちまち貴族たちがざわついた。

彼はこの舞踏会で何十人もの女性に声をかけているはずなのに、やけに注目を集めているのはなぜだろうか。明らかに動揺している周囲にパトリシアは戸惑《とまど》った。

（な、なにか様子が変）

一度断ったダンスに、なぜまた誘われたのかも疑問である。

（たくさんの女性と踊りすぎて、私が辞退したのを忘れてしまったのかも）

そう思い、先ほどと同じ返答をする。

「申し訳ございません。私はダンスが苦手なので王太子殿下のおみ足を――」

「黙れ」

周囲に聞こえないような小声で命令され、問答無用で手を取られた。

体が触れそうな距離まで強引に引き寄せられて驚く。

目の前にあるのは最高級のダイヤのブローチで、耳元で囁かれる声は低く不機嫌そうだ。

「君は『はい』としか答えてはならない。決定権は俺にある。わかったな」

これまでの紳士的な態度とは違う命令口調に動揺した。

（さっきは断ってもいいと言ったけど、本当はお怒りだったの？）

「はい……」

疑問だらけのまま手を引かれ、ダンスホールの中央に連れだされた。

なぜか音楽が中断し、それまで踊っていた貴族たちが壁際まで下がる。

王太子が宮廷楽団に目で合図するとワルツが再開され、パトリシアは向かい合わせに立たされた。

片手を繋ぎ、もう一方の彼の手が背中に回される。

夜会着の背中は広く開いているので直接素肌に触れられてしまい、頬が染まる。近距離にある美麗な顔に動悸が加速した。

大注目の中で踊る緊張と恥ずかしさで思考がうまく働かないが、不思議と足は正しいステップを踏む。

兄より踊りやすいのは、彼の巧みなリードのおかげだろう。

「なんだ、うまいじゃないか」

パトリシアにしか届かないその声には、温かみや配慮がまるで感じられなかった。

有力貴族の娘ではないので機嫌を取る必要がないからだろうか。

(だったら放っておいてくれた方が嬉しいのに)

周囲のざわつきはおさまるどころか一層大きくなっていた。

他の貴族はひと組もダンスに加わらず、自分以外の誰もそれを不思議に思っている様子がない。

（わけがわからないわ）

困惑しながら辺りを見ていると顔を覆って泣いている令嬢や、悔しそうにこちらを睨んでいる人がいた。誰かを指差してニヤニヤと面白そうにしている男性もいる。

くるりとターンをした時に視界の端に映ったのは、濃い紫色のドレスだ。

（エロイーズさん？）

王太子妃の発表前だから会場にいなければならないはずなのに、どういうわけか足早に退場しようとしていた。

きれいな顔はしかめられ、なにかに焦っているようにも怒っているようにも見えた。

（一年間必死に勉強したけど、やっぱり私には貴族のことがわからない。誰かこの状況を説明して）

周囲ばかりを見て静かに混乱していると、王太子が薄く笑った。

「君はつくづく俺に興味がないようだ」

「あっ……いえ、そのようなことは。ただ、あの方がなぜ泣いているのか気になったものですから」

怒らせたくないので慌てて言い訳したが、彼の方はなんとも思っていない様子で淡白に返される。

「これが今宵のラストダンスだからだ」

（それにどういう意味があるの？）

「知らないのなら教えよう。俺が最後に踊った令嬢が花嫁になる。それが妃の発表の仕方で古くからの習わしだ」

その説明を飲み込めるまでに数秒かかる。

（これがラストダンスで、最後に踊った令嬢は私。ということは……えっ、嘘でしょ⁉）

気に入られるように頑張っていたならわかるが、開始から四時間近く、ただ食べ続けていただけだ。まともに挨拶もできず、ダンスの誘いを断り、王太子妃以前に貴族女性として失格だろう。

さらには容姿が秀でているわけでもなく、クラム伯爵家よりも格上の貴族令嬢がたくさんいる中で、自分が選ばれた理由をなにひとつ思いつけなかった。

衝撃のあまりに足を止めてしまったが、強引なリードでステップを踏まされる。

「どうして、ですか……？」

絞り出すように問いかけると、煩わしそうに嘆息《たんそく》された。

「理由はふたつ。王家以外の家に権力が集中するのを避けたい。その点、クラム伯爵は現在政務の要職についていないので娘を娶《めと》っても力関係に支障はない」

つまり有力貴族ではない方がいいと考えているようだ。

エロイーズが選ばれなかったのは、ハイゼン公爵家に権力があるからこそらしい。

「もうひとつは、君が俺に興味を持たなかったためだ。妃は必要だが形だけでいい。俺は忙しく妻に構う暇がない。夜伽も不要。見たところ君は食事さえ与えていれば文句がないだろう。つまり俺の求める妻の条件に最も見合っているということだ」

ダンスを断り食べ続けていたのが決め手だったという話に面食らい、恥ずかしくも思う。

（食い意地が張っていると思われたんだ。レシピに興味が湧いただけなのに）

けれども恥じらっている場合ではなく、すぐに強い不安に襲われた。

この舞踏会で貴族社会に馴染《なじ》めそうにないのは痛感した。素朴な村娘として育った自分では建前と本音も見抜けない。

うまく交流できなければ、本当に貴族なのかと疑う者も出るかもしれない。

それならグラジミール卿に嫁ぎ、領地に引きこもっていた方がいいのではないだろうか。

一番大切なのは母が完治するまでの治療費で、出自を探られるわけにいかないのだから。

（どうしよう。ダンスが終わる前に考え直してもらわないと）

激しく動揺していても、王太子の巧みなリードのおかげでダンスは流れるように続いている。

ターンをするたびに銀色の前髪がサラサラと揺れ、翡翠色の瞳はシャンデリアの明かりを映して宝石のように輝いていた。

これだけ大勢の貴族の注目を集めていても少しの緊張もなく堂々として、気高く美麗な王太子に周囲から感嘆のため息が漏れ聞こえる。

彼の花嫁に選ばれて嬉しくない女性はきっといない。ただひとり、パトリシアを除いては。手を取り合って同じリズムを刻み、傍目《はため》には幸せな光景に映るかもしれないが、花嫁を見つめる彼の目は冷めていて、パトリシアの方は断り方を模索していた。

「あ、あの」

なんとか花嫁を選び直してもらわなければと、恐る恐る話しかける。

「大変光栄に思いますが、実は私の嫁ぎ先はすでに決まっているんです」

「相手は誰だ？」

「グラジミール卿です」

「へぇ」

今までよりは関心がありそうに彼が頷いた。

「娘を溺愛するあまり領地で大切に守り育て、社交界デビューが遅れたと聞いていたが。クラム伯爵の愛情とは娘の幸せではなく、己の利権に向けられたものなのか」

グラジミール卿の名を出しただけで、クラム伯爵の狙いが読めたらしい。

クッと笑ったのは、深窓の令嬢などという噂を広めたことに呆れているせいなのか。

父親から少しも愛されていないのを見抜かれてしまい、パトリシアはバツの悪い思いで目を逸らした。

（お父様に初めて会った時から愛されていないのはわかっている。今さら悲しいとは思わない

けど、人に指摘されるとみじめな気分になるわ）

「グラジミール卿がどのような人物か、聞いているのか？」

「はい。私と歳の差がかなりある方で、二度の離婚歴があるのは知っています。前妻のおふたりに逃げられたと聞いています」

「逃げられたというのは語弊《ごへい》がある。折檻《せっかん》死寸前の妻たちが、実家の両親に救出されたんだ」

「えっ……」

「君もそうなるぞ。嫁ぎ先でひどい目に遭っている娘を、クラム伯爵が助け出そうとするかはわからないが」

父が助けてくれるとは思えない。ということは、グラジミール卿に嫁げば待っているのは折檻死だ。

ひどい暴力を振るわれる自分を想像して青ざめた。

（そんな死に方は嫌。それにお母さんの治療には数年かかると言われているのに、私が早くに死んでしまったら治療費はどうなるの？　お父様が約束を破りそうで怖い）

不安に目を泳がせると、そこに付け込むように言われる。

「君は俺に嫁いだ方が幸せになれる」

「で、ですが、田舎暮らしが長い私では王太子妃は務まりません。今日だって殿下以外の貴族の方とお話しできておりません」

「人付き合いが苦手なのか？　それなら城内の離宮を君に与えよう。限られた使用人としか顔を合わせずにすむはずだ。謁見希望は慣れるまで一日ひと組とする。公務も最小限に。君は俺の隣で微笑んでいるだけでいい。後はどう過ごそうと君の自由だ。いい条件だと思わないか？」

（その程度の務めでいいの？　それなら……）

ひと月に一度しか許されていなかった母の見舞いにいつでも行ける。禁止されていた料理も離宮ならできそうな気がした。

魅力的な提案に心が動かされると、村にいた頃のような前向きさが戻ってきた。

（よく考えたら、お父様に王太子妃を狙えと言われて送り出されたんだったわ。妃になればお母さんの治療費は払ってもらえる。折檻死の心配もないし自由が保障されている。それならグラジミール卿に嫁ぐよりずっといい）

硬かったパトリシアの表情が緩んだのを見て、やっと受け入れたかと言いたげに彼が嘆息した。

「結婚の条件について色々と譲歩したが、先に言った通り決定権は俺にある。たとえ婚約中であってもグラジミール卿は諦めるしかなく、君ができるのも王太子妃になる決意を固めることだけだ。わかったな？」

本当に王太子妃を務められるのかまだ少し不安はあるけれど迷いは消えた。

「はい」

明るい未来を信じて笑顔で返事をすると、意外そうな目で見られる。それからほんの少しだけ微笑んでくれた。

作ったような紳士的な笑みよりずっと優しそうで、パトリシアの頬がほんのりと色づく。

この会場についてから初めて年頃の娘らしく心をときめかせた。

亡き少女の面影

新緑の季節。柔らかな日差しが白大理石の床に窓枠の形を映している。

ここはパトリシアが夫――アドルディオンから住まいとして与えられた離宮だ。

広大な王城内の北東に位置しており、王族の居室や政府機関が入っている大邸宅からは歩いて五分ほどの場所にある。

二階建てで白煉瓦の外壁とドーム屋根が特徴的で、女性向きの印象を受けた。

長く使われていなかったそうだが、王太子妃を迎えるにあたって内装を新しくし、清潔で住み心地はいい。

離宮専用の使用人は三十人もいて、パトリシアにとっては身に余る贅沢だ。

二階にある寝室で目覚めて朝の支度をすませたら、靴音を控えめに響かせて螺旋階段を下りる。

手すりには小鳥と草花の彫刻が施されて可愛らしい。

淡い緑色のデイドレスの裾をふわりと揺らし半円形の玄関ホールに出ると、十歳以上年上のメイド三人が掃除の手を止めて姿勢を正した。

「王太子妃殿下、おはようございます」

「皆さん、おはようございます。いつもきれいにお掃除してくださってありがとうございます」

結婚式を終えてここに住むようになったのは五日前である。

初日は誰と話すのも緊張して挨拶さえぎこちなかったが、今は微笑みかける余裕はできた。

もう少し時間はかかりそうだが、使用人たちと楽しく世間話ができるくらいまで打ち解けたい。

（その方が皆さんも働きやすいでしょうし、私も生活しやすいわ）

会釈《えしゃく》して玄関ホールから東へ伸びる廊下へと足を踏み出した。

すると後ろにヒソヒソ声が聞こえる。

「普通に仕事をしているだけなのにお礼を言われたわ。いつも敬語で話されるし、王太子妃殿下は随分と謙虚なお方ね」

「私たちに頭まで下げたわよ。ご実家の伯爵家でもあんな感じだったのかしら？」

「生まれた家で使用人にペコペコするの？　まさか」

（そのまさかだけど。私の対応はおかしい？）

すぐに仲よくなったエイミは別として、クラム伯爵家でも年上の使用人に対して日常的に敬語を使っていた。

村娘の感覚が抜けないので、世話をしてもらうのが申し訳ないと思うからだ。

最初の頃は掃除や洗濯を手伝おうとして父にきつく叱られ、貴族は家事をしてはいけないと知ったのだ。

(身分差があるのはわかっているけど同じ人間よ。してもらったことに対してお礼を言いたいのに)


偉そうにする方が妃らしいのかもしれないが、そんな自分を想像すると嫌悪感が湧く。

すでに精一杯、貴族を演じている状況なので、これ以上は自分らしさを失いたくなかった。

(謙虚な王太子妃がいてもいいじゃない。そういうことにしておこう)

自己解決して廊下を進み、白い塗装が施された木目のドアの前で足を止めた。

開けるとそこは食堂で、エイミが忙しそうに働いている。

「パトリシア様、ちょうど朝食の準備が整ったところです。どうぞおかけください」

輿入《こしい》れ前にアドルディオンから実家の使用人を連れてきてもいいと許しを得たので、ついてきてほしいとエイミにお願いした。

『もちろんです。これからもお嬢様の侍女として働けるなんて嬉しいです!』

ふたつ返事で了承し、王城でもそばにいてくれるエイミには心から感謝している。

「ありがとう。わぁ、今朝も美味しそうね」

ふんわりと焼き上がったオムレツには鮮やかなトマトソースがかかっている。切ったばかりのハムはしっとりと艶やかで、野菜サラダは見るからに瑞々しい。

コーンスープの表面には生クリームが円を描き、刻みパセリがふりかけられ、色のコントラストがきれいだ。

ロールパンは焼き立てでいい香りがするし、高脚の銀の深鉢に山と盛られたフルーツは、これが食べたいと言えばそばに控えているコックがすぐに切ってくれる。

「たくさんあるわね。エイミも一緒にいただきましょう」

ここにはパトリシアの分しか朝食が用意されていない。

侍女の食事は主人の後というのが普通らしいが、皿とフォークをもらえれば取り分けて食べられる。

エイミがお腹を空かせて待たなくていいだろうと思い誘ってみたのだが、諫《いさ》めるような真顔を向けられた。

「王太子妃殿下」

「一緒はダメ？」

「前に申し上げたはずです」

五日前の離宮での最初の食事の時にもエイミを誘い、こう言われた。

『ふたりきりの時に話し相手として侍女をお茶の席に座らせるのはアリだと思いますけど、食事はナシです。使用人たちにおかしいと思われます』

最低限の公務や謁見の務めを果たせば、後は自由にしていいとアドルディオンから言われている。

しかしエイミと一緒に食事をする自由はないようで、肩を落とした。

（仕方ないわよね。勝手な振る舞いをした結果、本当に貴族なのかと疑われたら困るもの）

諦めて着席した後は侍女と給仕係が控える中で、もそもそと食事をする。

誰かと一緒に会話しながら食べた方がもっと美味しいのに、叶わぬ願いである。

パンをちぎって口に運びながら思い出しているのは、昨年末の舞踏会後のことだ。

パトリシアが王太子妃に選ばれたという一報は帰宅より先にクラム伯爵邸に届いており、父が玄関ホールで待ち構えていた。

娘の顔を見るなり抱きしめてきて、歓喜を隠せぬ興奮した様子だった。

『よくやった。ハイゼン公爵家のエロイーズ嬢で決まりだと皆が思っていた中で、よく殿下の心を動かした。さすがは我が娘だ。しかし一体どうやったのだ？　ロベルト、会場でなにがあったのか教えなさい』

説明を求められたロベルトは困っていた。

兄が会場に戻ってきたのはラストダンスが終わろうかという頃で、王太子に手を取られて舞う異母妹に愕然としていた。

帰路の馬車内ではなにかにとりつかれたように『嘘だろ』と繰り返しており、父と違って喜びはない様子。

パトリシアがどのようにして王太子に気に入られたのかは想像もできず、かといって妹を放置して油を売っていたとも言えないため説明に窮《きゅう》していた。

『積極的に声をかけて、話を弾ませようと努力していたような……？』

実際とは真逆の返答だったが、父は納得して頷いていた。

『頑張ったのだな。お前は素晴らしい娘だ。これで私は政府の要職に就けるだろう。我が家の名声は高まり、近づこうとする貴族も増える。今後は有利な条件で交易の取引ができるはずだ。港の使用料などちっぽけな額にすぎん』

思い通り以上の結果を得て高笑いする父に悔しさが湧いたけれど、グッと耐えて母にとってもこの方がいいはずだと自分の心に言い聞かせた。

『お母さんの治療費を、病気が治るまで出してくださいますか？』

改めて約束を求めたら頷いてくれたので安心したが、急に真顔になった父にたじろいだ。

『王太子妃になる以上、なにがあろうともクレアの存在を知られてはならん。出自を偽っていたことが明るみになれば我が家の恥ではすまされず、王族をたばかった罪で伯爵家が取り潰されるだろう。そうなれば治療費どころではないぞ。お前も困るよな？』

脅すような言い方と悪人のような笑い方にゾッとした。一生、嘘をつき続けなければならないのかと思えば胸も苦しくなったが、なにより大切な母のために秘密を守ろうと誓ったのだ。

焼き立てのパンは間違いなく美味しいのに、食べる速度が落ちていく。

（秘密を抱えると心が疲れるわ。隠し事はこれだけじゃないし……）

アドルディオンのもとに嫁ぐことで思いがけず秘密が増えてしまった。

先週の結婚式を思い返す。

王都の中心部に建つ荘厳な大聖堂で結婚の儀は執り行われ、国中の貴族と社会的に地位の高い市民たち、他国からは要人が招待されて大勢が参列した。

列席者の顔ぶれに緊張するのはさることながら、王族の婚姻は儀式的意味合いが強いので細かな作法を間違えないようにするのに神経をすり減らした。総刺繍の見事なウエディングドレスを着られたことに心躍らせる暇はない。

アドルディオンはというと、王家の紋章が入った軍服風の衣装を身にまとい、凛々しく堂々として、パトリシアが作法を間違えそうになるとさりげなくフォローしてくれた。

高潔で麗しく頼りがいのある彼に、愛のない結婚とわかっていても勝手に胸が高鳴ったのだ。

二年前から病床に伏しているという五十五歳の国王もこの日は出席し、パトリシアの頭にティアラをかぶせてくれた。

もとは体格がよかったそうだが、今は痩せて顔の輪郭がはっきりしている。髪は四分の一ほどが白くアドルディオンと同じ涼しげな翡翠色の瞳で、病を患っていても威厳がにじみ出ているような方だ。

国王の斜め後ろに立っている王妃は若かりし頃、絶世の美女と謳われていたそうで、アドルディオンの銀髪と麗しい顔立ちは母親譲りのようである。

緊張しっぱなしだった結婚式の後は馬車で王都をパレードし、夜は五百人もの招待客との晩餐会が催されたのでヘトヘトになった。

やっとお開きになったのは二十二時過ぎで、早く休みたいと思ったところでパトリシアだけ国王夫妻から別室に呼びだされた。

『今日はご苦労だった。疲れていると思うが、妃として夜の勤めもしっかり果たされよ』

国王から突然あられもなく初夜について言及されたため、パトリシアは驚きと恥ずかしさで顔を熱くした。

酔っているのかと疑ったが、晩餐のワインはほとんど飲んでいなかった。体調不良で途中退席もしており、病を押してわざわざからかうために呼び出したとも思えなかった。

なにも答えられずにいると、王妃が真面目な顔で言った。

『丈夫そうなお体をしているので、あなたならきっとたくさんの子供を授かれますわ。国民が安心できるように早く後継《あとつ》ぎを産み、王家が盤石《ばんじゃく》であると示しておあげなさい』

(後継ぎ……。夜伽は不要と殿下から言われているのに)

王家存続のためには後継ぎが必要だが、アドルディオンの考えはわからない。

ただひとつ理解したのは、形だけの夫婦という約束について彼が両親になにも話していないという事実だ。

(結婚の条件についての約束は秘密にしなければいけないみたい)

エイミにはすでに話した後だったが、他の誰にも言ってはいけないのだとこの時に悟ったのだ。

考えていたため食べる手が完全に止まっていたら、そばに控えている三十代くらいのコックの男性に声をかけられる。

「お好みに合わせられず大変申し訳ございません。王太子妃殿下はどういったパンがお好きでしょうか？」

口に合わないと誤解させたようで、慌てて首を横に振った。

「ごめんなさい。考えごとをしていただけなんです。とても美味しいロールパンですね。外はパリッと中はふんわりして、小麦の香りを強く感じます。あなたが焼いてくださったんですか？」

「はい。お褒めにあずかりまして恐縮でございます」

「レシピを教えてくださいませんか？　私が焼いてもこれほど美味しくできないんです」

「妃殿下が料理をなさるのですか？」

テーブルを挟んだ向かいの壁際では、エイミが微かに首を横に振っている。

王太子妃らしくないと言いたげだが、パトリシアは大丈夫という意味を込めてウインクした。

コックの男性は明らかに戸惑っている。

「お教えするのは構いませんが……」

「嬉しいですわ。おかしいとお思いになるかもしれませんけど、私は子供の頃から料理をしていたんです。父の領地の田舎屋敷では他に楽しいことがなく、遊び感覚で料理をしているうちに大好きになって、今ではすっかり趣味です」

「そうでございましたか。田舎は娯楽が少ない分、新鮮な食材が手に入ります。料理にご興味を持たれたのも自然なことかもしれませんね。喜んで美味しいパンの焼き方をお教えいたします」

子供の頃から包丁を握っていたのは事実だが、遊び感覚で料理をしていたわけではない。

父の領地に行ったこともないが、彼は納得した顔をしていた。

チラッとエイミを見ると、小さく頷いてくれる。

（上手に嘘をつけたみたい。きっと慣れてきたのね。いいことではないけれど、これで調理場に出入りできるようになって嬉しいわ）

出自がバレないように気をつけながらも少しずつ自分らしさを出し、離宮暮らしを楽しいものにしようと考えていた。


離宮に暮らして半月ほどが経つ。

レモン色のデイドレスを着たパトリシアは、日に日に濃くなりゆく緑を窓から眺めつつ一階の廊下を進む。

離宮の周囲にはナラやカエデの木がたくさん植えられていて、リスや小鳥が住み着いていた。

（この鳴き声はアカゲラね。村にいた頃はもっとたくさんの鳥の声が聞こえたわ）

望郷の思いに立ち止まってしまわぬよう歩調を速め、西側にある応接室のドアをノックして開けた。

「お待たせして申し訳ございません。マリー叔母様」

白を基調としたロココ調のインテリアの部屋で、ややふくよかな女性がひとり、ソファに座っている。

紫がかった薄茶の髪をすっきりと結い上げ、深緑色の大きな目をした女性は国王の妹だ。

年齢は五十二歳と聞いている。マリアンヌが本名だが、本人の希望があって愛称で呼ばせてもらっていた。

侯爵家に降嫁《こうか》しているため王族ではないけれど、兄を見舞うためによく来城する。

それがすむとこうして離宮まで足を運び、パトリシアと面会するのだ。

叔母と会うのはこれが六度目である。

「忙しかったのかしら？　他にご予定があるなら断ってくださってもよろしいのよ」

だいぶ待たされたことへの嫌味ではない。王妹《おうまい》なのに偉ぶるところがなく、初対面から気さくに話してくれる気立てのいい人だ。

テーブルを挟んで向かいのソファに腰かけたパトリシアはニコリとする。

「バルコニーで本を読んでいたんです。私が居場所を伝えなかったせいで、侍女に探させてしまいました。そのせいでお待たせして申し訳ございません」

「あら、そうだったの。他に謁見者がいるのかと思ったのよ。そういう時はまたの機会にするから遠慮なく仰ってくださいね」

「お気遣いありがとうございます」

叔母の訪問はいつも事前の連絡がない。

しかし迷惑ではなく、むしろありがたいと思っている。三日に一度は必ず来るとわかっているので、他の謁見者の予約を受け付けずにすむからだ。

慣れるまで謁見は一日にひと組までにするというのがアドルディオンとの約束である。

これまで八組、二十人ほどの貴族や地位の高い市民と会ったが、叔母が一番話しやすい。

話し好きな人なので小一時間ほど、ほとんど叔母が話し、パトリシアは聞かれたことについて答えるだけでいいからかもしれない。

(ボロを出さないようにと緊張するから、謁見は苦手よ。慣れなくてはいけないとは思うけど。もうしばらくは毎日でも叔母様に来てほしい)

叔母も読書は好きなのだそうで、バルコニーで読んでいた本に興味を持たれた。

「王家の歴史と伝統文化に関する本です」

花嫁に選ばれてから結婚式までの五か月ほど王城に通って王太子妃教育を受けたが、学びが足りない気がしている。

それで王城の図書室から借りてきた本を読み漁《あさ》っていた。

その知識が生かされる機会がなかったとしても、勉強していると身を守る盾が分厚くなる気がして安心する。

「あなたは真面目ですのね」

呆れたように言った叔母が、バッグの中から青い革表紙の本を取り出した。

「王太子妃に必要な知識なんか、わざわざ勉強しなくても自然と覚えるものですわ。お読みになるならこういうものになさいませ。市井《しせい》で流行《はや》っているそうですから、民の気持ちにも寄り添える一冊ですわ」

テーブルの上に置かれた本を手に取り、表紙を読む。

「禁断の蜜月回顧録？」

タイトルから内容が想像できず首を傾げたら、叔母の目が意味ありげに弧を描いた。

「どうぞお開きになって」

「はい」

パラパラとページをめくると挿絵があり、それを見た途端にパトリシアは真っ赤になって慌てた。

（これって、男の人と男の人の恋愛物語……）

その時、ノックの音がしてメイドがワゴンを押して入ってきた。

過剰なほど肩をびくつかせたパトリシアは急いで本を閉じ、タイトルが見えないように膝の上に置いた。

お茶と焼き菓子を置いてメイドが退室すると、叔母が声をあげて笑う。

「随分とウブですわね。田舎暮らしが長かったせいかしら？」

「え、ええ」

「アドルディオンとはうまくいってますの？　あの子は堅物《かたぶつ》で浮気の心配はないと思いますけど、仕事にかまけて妻をないがしろにしないか心配ですわ」

「こんな離宮に押し込めて、お可哀想に」と付け足した叔母に、ぎこちない笑みを返す。

（構う暇がないとは言われていたけど、本当に会う機会が少ない）

アドルディオンと顔を合わせたのは昨年の舞踏会と、結婚式の事前打ち合わせが二回、結婚式当日と夫婦での初公務の計五回だ。

数えてみると叔母よりも少ないが、どんな顔をしていたかと思うことはない。

（忘れようがないほど美しい人よね。先週の初公務での殿下も素敵だったわ。仲よくなれる気は少しもしないけど）

初公務は王立美術館での創立百年記念式典だった。

セレモニーの後に支配人の案内で館内を回り絵画や彫刻を鑑賞したのだが、ひとつひとつの作品に感想を求められてパトリシアは困った。

淑女教育で美術館でのマナーを習ったけれど、感想の答え方は教わらなかった。

村娘の頃は小さな教会に飾られていた一枚の宗教画しか見たことがなく、芸術をどのように楽しめばいいのかわからない。

それでどの作品にも『素敵です』と繰り返し、支配人に残念そうな目を向けられて首をすくめたら、次の作品からはアドルディオンが先に話してくれた。

『背景と手前の人物では絵筆のタッチが違うようだが、後から修正されたものなのか？』

『ご明察《めいさつ》の通りでございます。この人物はもとは怒り顔で描かれておりまして、表情を修正したのは晩年と言われております』

『笑顔に描き変えたのはなぜだろうか。この作家はたしか長く独身でいたが、晩年に結婚していたな。それと関係が？』

『はい。おそらくは幸福な結婚が、絵に込めたい想いも変えたのでしょう。絵画研究に人生を捧げております私もそのように推測しております』

パトリシアが残念がらせたことなど忘れたかのように、支配人は嬉しそうだった。

以降の作品についてもアドルディオンは支配人と美術談義に花を咲かせており、急に口数が増えたのは無知な妻をフォローするために違いない。

それにハッと気づいた時、パトリシアの鼓動は高鳴った。

妃選びに失敗したなどと噂されないためかもしれないが、守られた気がしてくすぐったい喜びを味わったのだ。

それと同時に絵画研究者に引けをとらないほどの知識の深さに目を見張った。

出がけの馬車に乗る前に、彼が近侍《きんじ》と話していた内容を覚えていたので、なおさら驚いたのかもしれない。

『百年記念の日にちは前々からわかっておりましたが、今日というのは困りますね。こんなにもお忙しい時ですから。欠席はできないものでしょうか』

『王立の美術館に王族が出席しないわけにはいかない。仕方あるまい』

『そうですが、殿下が美術品に興味がおありならまだしも……』

近侍の口ぶりから察するに、アドルディオンは美術品を鑑賞しても楽しめないようだ。

（興味がなくても、こういう時のために勉強してきたの？　それなら美術品だけじゃなく、他の色々な分野についても深く学んでいそう。王太子は博識でなければいけないんだ）

子供の頃からどれだけ努力してきたのだろうと想像すると、クラム伯爵邸でのつらかった淑女教育が大したものではないような気になった。

王太子は優雅にパーティーを主催して贅沢に暮らしているだけではない。一国を動かすための指示をする立場にあるのだから賢明でなければならず、新しい知識を常に吸収し続け、頭をフル回転させているのだろう。

（王太子殿下はすごい方なんだ）

国王に次ぐ権力を持っているのはもちろん理解しているが、高い身分でも優れた容姿でもなく彼の努力を尊敬した。そうすると、人となりをもっと知りたくなる。

舞踏会で求婚したアドルディオンには逆らうことを許さない絶対権力者の風格が漂っており、少々怖かった。

会う機会がもう少し増えれば、そのイメージも変えられるかもしれない。

(でもお忙しいのよね。妻に構う暇がないと仰っていたのは大げさじゃなかった。政務に勉強に毎日多くの人との交流、暇な時間があるはずないわ。私は邪魔しないように大人しくしていないと)

初公務を思い出しながらそのように考えていたが、正面に座る叔母はまだ甥《おい》への不満を漏らしている。

「普通は妻と同じ館で暮らすものですのよ。それなのにあの子は新妻を遠ざけるような真似をして。幼い頃の人懐っこい可愛らしさはどこへ行ってしまったのかしら。すっかり冷たい大人に成長して残念ですわ。わたくしならあの子に注意できますのに……そうよ、それがいい。妻を大事にしなさいと、わたくしからビシッと言って差し上げますわ」

叔母ならすぐにでも意見しに行きそうな気がして、パトリシアは慌てて止めた。

「この離宮は本当に快適なんです。このような住まいを与えていただけて殿下には感謝しています。これ以上、なにも望みません」

紛れもない本心である。

離宮の使用人たちはパトリシアの王太子妃らしくない謙虚な言動にすっかり慣れた様子で、陰でヒソヒソと囁くことはなくなった。

今ではひとりひとりを名前で呼び、世間話ができるほどには打ち解けられたように思う。

『クラム伯爵家にいた時よりずっと住みよいですね』とエイミも楽しそうだ。

料理が趣味だと言ってあるので不思議がられずに調理場に出入りすることができ、料理欲求も満たされている。

それになにより幸せなのが、毎日のように母の見舞いに行けることだ。

出自を隠さねばならないのでメイド服に着替えて変装し、こっそり城を抜け出していた。

(快適な暮らしをさせてもらっているのに、お忙しい殿下に煩わしい思いをさせたくない。放っておいても文句を言わなそうだというのが、私が妃に選ばれた理由のひとつなのに。叔母様に注意しに行かれてはすごく困る)

今の生活になんの不満もないと熱心に繰り返したら、感心された。

「健気ですのね。あなたはまるで恋愛物語のヒロインのようよ。わたくしの話もうるさがらずに聞いてくださるし、すっかり気に入りましたわ」

(うるさがられているの？)

王妹を邪険《じゃけん》にできる人とは一体誰だろうと思っていたら、叔母が小鼻を膨らませる。

「聞いてくださる？　お兄様ったら、わたくしのおしゃべりがうるさくて病気が悪化しそうだから見舞いに来るなと仰ったのよ。お義姉様はわたくしが行くと部屋に引っ込んでしまわれるし、侯爵家の家族もわたくしが話しだすと耳を塞ぐの。失礼ですわ」

親しい友人たちも最近ではお茶会に呼んでくれず、『会うなら観劇にしましょう』と言われるそうだ。

「静かにしないといけない観劇は好きじゃないのに。わたくしって、そんなにおしゃべり？」

「そ、そんなことないと思います」

それしか答えようがないが、叔母と会った後に耳がキーンとする時もたしかにあった。

二時間ほどしゃべり続けた叔母がやっと帰ると、パトリシアは急いで調理場に入った。

（いつもより遅くなっちゃった）

時刻は十六時。これから母に会いにいくつもりで、差し入れのトマトスープを作ろうとしている。

栄養管理された病院食が三食出されているが、食欲のない母は半分も食べられない。

食べ慣れた娘の手料理ならと思い主治医に相談したところ、スープくらいなら病院食の他に食べさせていいとの許可をもらった。

母のために料理ができるのが嬉しい。

調理場にはコックがふたりいて、夕食の下ごしらえを始めていた。

「お邪魔してすみません。十分ほど片隅を使わせていただけますか？　スープを作りたいんです」

ふたりが快く場所を空けてくれたので、パトリシアはエプロンを着て包丁を握った。

調理台はこの国の伝統模様が描かれたタイル張りで可愛らしい。薪で煮炊きするかまどが三つと、パンを焼く石窯があり、新鮮な食材が入った籠や木箱が隅に積まれている。

パトリシアには広々と感じられるが、六十人のコックが働く大邸宅の調理場に比べたらこじんまりとしているそうだ。

トマトや玉ねぎをリズミカルに刻んでいると、コックに褒められる。

「見事な包丁さばきでございます。妃殿下は本当に料理がお好きなようで」

「ええ。作るのも、食べてくれる人の笑顔を見るのも好きです」

「さようでございますか。それで、そのスープはどうなされるおつもりですか？　本日の晩餐にビーフシチューをお出しする予定なのですが……」

どうやらトマトスープを夕食にするつもりなのではと心配しているようだ。

コース料理の構成としてスープが二品入るのはおかしいと思っているのだろう。自分たちの仕事を奪わないでほしいという思いもあるのかもしれない。

ここでスープを作るのは四度目だが、これまではコックの休憩時間を見計らっていたため、母への差し入れを作る姿を見せるのはこれが初めてだ。

（どうしよう。なにか言い訳しないと）

「違うんです。トマトスープはええと、その、これからお帰りになる叔母様へのお土産です。私の手料理を食べてみたいと仰ってくださったので」

「さようでございましたか。これは失礼いたしました」

切った食材と調味料を小鍋に入れてかまどの火にかけつつ冷や汗を拭う。

（なんとかごまかせた。出自を隠しているからお母さんが入院しているのも知られてはいけない。私はどれだけ嘘を重ねればいいの？　なるべく嘘を減らしたいから、次に叔母様がいらしたら手料理を召し上がっていただこう）

手際よく完成させたトマトスープを瓶に入れて栓をし、逃げるように調理場を出た。

螺旋階段を上り、出かける支度をするため私室へ向かっていると、外から鳥の声がした。

いつもと違う警戒しているような鳴き方が気になって廊下の窓を覗く。

するとすぐ近くのナラの梢《こずえ》に、白黒の羽色で後頭部と下腹が赤い中型のキツツキが止まっていた。

（アカゲラの雄だわ。あそこに巣穴がある）

よく見ると幹に開いた穴から雛《ひな》が二羽、競うように顔を出していた。

（可愛い。でも二羽だけ？　アカゲラは一度に五個くらい卵を産むはずだけど）

それだけしか孵化《ふか》しなかったのかと思っていたら、今度は雌が飛んできて幹に止まった。

巣穴の雛に餌をあげるのではなく、なぜか地面に下りたり幹に戻ったりを繰り返している。

雄も辺りをうろつくばかりで様子がおかしい。

なにを気にしているのだろうとパトリシアは窓の下を覗き、「あっ」と声をあげた。

アカゲラの雛が一羽、巣穴から落ちていたのだ。

(どうしよう。自然のものには手を出すなって、子供の頃に言われたけど……)

同じ村に住む炭焼きの仕事をしている老爺《ろうや》が教えてくれたのだが、人が手を貸したせいでかえって巣立ちの邪魔になることもあるらしい。もしそのまま羽ばたけずに小さな命が消えたとしても、それが自然の摂理なのだから手を貸すなと言われたのを思い出していた。

老爺からの教えと助けたい気持ちの間で悩む。

(なにが正しいのかわからない。目の前の助けられる命を、見捨てていいの?)

雛はまだ小さく、巣立ちまで十日ほどかかりそうに見える。巣に戻してあげなければ、他の動物の餌になる運命だ。

おろおろしながら見つめる先で、木の根元の下草が揺れたように見えた。

蛇かもしれないと思ったら居ても立ってもいられず、せっかく作ったトマトスープをその場に置いて駆け出した。

玄関から外へ飛び出して西側に回り、急いで雛を両手ですくい上げる。

（蛇……はいないみたい）

ホッとして雛を見る。

人の手に捕らわれても怯えることなく、むしろ安心して目を閉じている。安心できる巣の中の兄弟たちの温もりと勘違いしているのかもしれない。

（すごく可愛い。手を貸したからには最後まで。ちゃんとあなたを巣に戻してあげるわ）

ちょうどそこに庭師の中年男性が通りかかった。

「王太子妃殿下、お散歩でございますか？」

日に焼けた肌の彼は離宮の専属ではなく、大勢の庭師と一緒に城内全体の庭木を手入れしている。

数回、挨拶を交わしただけの庭師に対し、申し訳ないと思いつつ助力を求める。

「この子が巣から落ちたんです。なんとかしたいと思いまして。お仕事中にすみませんがお願いできますか？」

「アカゲラですな。かしこまりました。私が処分しておきましょう」

「えっ、処分？」

「キツツキは穴を開けて木を弱らせる厄介者ですから」

「ダ、ダメです。この子は巣に返します。お引き止めしておきながらすみませんが、あなたはお仕事に戻ってください」

雛を閉じ込めている両手を慌てて庭師から遠ざける。

彼は不服そうな顔をしているが、王太子妃のすることに文句は言えないようで一礼して立ち去った。

（誰かに頼めば処分されてしまうかもしれないんだ。私がやらなければ）

四メートルほど上にある巣穴を見上げたパトリシアは決意して頷く。

はしごが必要なので、急いで離宮の裏手に回った。

使用人が出入りに使っている裏口があり、その横に簡素な両開きの扉がある。そこは様々な作業用具がしまってある物置で、中から木製のはしごを引っ張り出した。

なよやかな貴族令嬢ならばきっと、ひとりではしごを運べないだろう。

しかし子供の頃から重労働をしてきたパトリシアには大した重さに感じない。

襟を広げて雛を胸元に収めるとひょいとはしごを肩に担《かつ》ぎ、急いで巣のあるナラの木まで戻った。

はしごを立てかけていると、背後に息を切らせたエイミの声がした。

「な、なにをしているんですか！」

エイミは王太子妃の身の回りの世話だけでなく、秘書のような役目もしてくれている。

王太子妃へのご機嫌伺いの手紙や催しへの招待状、贈り物が毎日のように届くので、返事が必要なものとそうでないものをエイミが仕分けしてくれる。パトリシアが返事を書いた手紙を大邸宅内にある郵便物取扱所まで持っていくのも侍女の役目だ。

今はその帰りと思われた。

「エイミ、おかえりなさい。手紙を届けに行ってくれてありがとう」

「なにをのんきに仰っているんですか。はしごなんか持ち出して、どうするつもりですか？」

眉根を寄せているエイミにデイドレスの襟を少し広げて胸元を見せ、巣に戻すのだと話した。

「わぁ、可愛い」

頬を緩めているエイミだが、すぐに厳しい顔つきに戻る。

「事情はわかりましたけど、パトリシア様が木に登ってはいけません。庭師を呼んできます」

「処分されてしまうからダメなの。キツツキは厄介者なんですって。だから私がやるしかないのよ」

「いけません」

「大丈夫。子供の頃から木登りは大得意よ」

「そういう意味だけで心配しているわけでは――あっ、パトリシア様！」

頭上では親鳥がしきりに鳴いて飛び回っており、早く安心させてあげたくてパトリシアは素早くはしごを上った。

はしごの長さは二メートルほど足りず、そこから先は枝を渡るようにして上へと進む。

太さの足りない折れそうな枝まで登ると爪先立ち、片手にそっと掴んだ雛を限界まで腕を伸ばして巣の中へ押し込んだ。

(戻せた！)

下でハラハラしているエイミに笑顔で手を振り、一メートル下の太い枝まで下りた。

すると親鳥が巣穴を確認しに飛んできて、餌をもらえると勘違いした三羽の雛が競うように顔を出し鳴き立てる。

「もう、食いしん坊ね。そんなに身を乗り出したらまた落ちちゃうわよ。気をつけて」

雛を笑った、その時――。

「なにをしているんだ！」

驚いているような男性の声がして、パトリシアは肩を揺らした。

下を見るとエイミの斜め後ろにアドルディオンが立っていた。

外出着ではなくシルクのブラウスに黒いズボンのみという軽装で、私室か執務室から急いで駆けつけたような雰囲気だ。美麗な顔立ちの眉をひそめ、信じがたいと言いたげに木の上の妻を見ている。

その後ろには彼の近侍もいて、同じような表情をしていた。

(ど、どうしよう……)

木登りが王太子妃らしからぬ行動だとわからなかったわけではないが、雛を助けたい一心で頭の隅に追いやられていた。

動揺しているのはエイミも同じようだ。

『だからお止めしましたのに』と言いたげで、落ちる心配だけでなく誰かに不適切な行動を見られる恐れを感じていたようだ。

王太子妃以前に普通の貴族令嬢は木に登らないだろう。

(出自がバレてはいけないのに……)

一番疑われたくない相手に見られてしまった。

眉間に深い皺を刻んだアドルディオンに青ざめる。

本当に貴族なのかと疑われている気がして、鼓動が嫌な音で鳴り響いた。

＊　＊　＊

振り子の柱時計が十六時二十分をさしている。

アドルディオンは大邸宅の二階、西棟にある執務室にひとりでいた。

藍色を基調とした執務室は壁際が書棚で埋められ、政務に関する文献がぎっしりと詰まっている。そのせいで広い部屋が窮屈に感じられた。

火の入っていない暖炉の前には休憩用のソファセットがあり、大きな執務机は窓からの日差しを受ける側に置かれている。

黒い革張りの執務椅子に腰かけて山積みの書類に目を通し、羽根ペンを走らせていた。

（追加予算の請求書か。資金不足は当初の見積もりが甘かったせいだな。責任者は……ん？）

手元の書類は大橋の改修工事についてのものだ。

この国には議会制度があり、王政であっても政策や法律を制定する際には議員たちの承認を得なければならない。

議員資格を有するのは国王が認めた貴族男性五十人のみ。

改修工事の予算案を議会に提出した議員はハイゼン公爵で、工事が始まってからの指揮も公爵が取っていたはずである。

しかし追加予算を求める書類には別の貴族名が記されていた。

（責任を押しつけたのか。公爵のやりそうなことだ）

ハイゼン公爵家は古くからの名家で、歴史を遡れば同家の何人もの娘たちが王家に輿入れしており血縁関係がある。

そのせいで公爵家に権力が集中し、一族の多数の者が政務の重役に就いていた。

現当主のハイゼン公爵は子供の頃にアドルディオンの父である国王と机を並べる仲だったそうで、長らく国王の右腕として活躍してきた重鎮《じゅうちん》だ。

アドルディオンが少年時代には数年間、教育係を務めており、世話になった自覚がある。

しかし政治姿勢にしたたかさを感じてどうにも好感を持てない。

国民の方を向いて執政《しっせい》しているアドルディオンに対し、ハイゼン公爵は自分や近しい貴族たちの利益を優先させる。根本的な考え方が違うのだ。

問題が生じた途端に大橋の改修工事の責任者を勝手に下りた公爵に嘆息した。

『殿下のご活躍の噂は辺境の地まで届いているそうですぞ。陛下のご体調が誠に気がかりでございますが、殿下がいらっしゃる限りこの国は安泰ですな。実に頼もしくなられた』

それは先週の議会後にハイゼン公爵からかけられた言葉だ。

(うやうやしい態度だったが、心にもない発言だったようだ。安易な手段で責任を逃れられると思うとは。父上から政務の全権を任されて二年が経っても、俺はまだ見くびられているらしい)

公爵に問いただすまで追加予算は出せないと羽根ペンを置いた時、ノックの音がした。

「入れ」

声をかけるとドアが開いて、近侍のジルフォードが入ってきた。

五つ年上の二十八歳で、肩下までの黒髪をひとつに結わえた見目好い青年である。

九年ほど前、王太子の政務を補佐していたハイゼン公爵を別機関に異動させて遠ざけたのち、側近として採用したのがジルフォードだった。

王立大学の理事長を務める父を持つ彼は平民で、それを快く思わない貴族もいるが、アドルディオンは少しも気にしない。

大切なのは実務能力で、ジルフォードほど有能な近侍はいないだろう。

温和な性格でいつもゆったりと構えて気負わず、そういう面も気に入っていた。

余裕綽々《しゃくしゃく》で国を守っているわけではないので、つい眉間に皺を寄せてしまう時にはジルフォードを見習い肩の力を抜こうと意識した。

「失礼いたします」

一礼した近侍にアドルディオンは口角を上げた。

「ちょうどよかった。大橋の改修工事の件でジルの意見が聞きたい」

「緊急でなければ後ほどでもよろしいでしょうか。先にご相談したい話がございます」

珍しくせっかちな口調なのが気になって、椅子をずらして体ごと近侍の方を向いた。

「なにかあったのか？」

「はい。庭師から従僕へ伝えられ、私のところへ上がってきました情報なのですが」

パトリシアの話だと聞いて意表を突かれた。

妻とは結婚してから公務で一度、顔を合わせたきりだ。

存在を忘れたわけではないが政務に追われ、妻について考える時間はほぼなかった。

彼女からの要望はなく、離宮の使用人からの苦情もない。

離宮暮らしになんの問題もないと思っていたのだが、木から落ちた雛鳥を自ら巣に戻そうとしていると聞いて驚いた。

「パトリシアがはしごを？」

「はい。処分すると言った庭師を下がらせた後、ご自分で物置からはしごを出そうとされていたそうです。それを見て庭師が至急、知らせに来ました。私が確認してまいりますか？」

「いや、俺が行く」

主君の返事がわかっていたかのように、ジルフォードが素早くドアを開けた。

時間があるなら人任せにせず、自分で見聞して判断したいというのがアドルディオンの考え方だ。今までの経験から、人を介せば介すほど伝わる情報は正確さを失うと知っている。

執務室を出て足早に進み、広々とした玄関ホールに着く。

近くにいた従僕が機敏に動いてドアを開けると、うやうやしく頭を下げてアドルディオンと近侍を見送った。

離宮のある北東へと急ぎながら、先週の公務以来、会っていない妻の顔を思い浮かべようとした。

目は丸く快活な印象で整った可愛らしい顔立ちだったように思うが、詳細まではっきりと思い出せない。

夫婦なのに、それほど希薄な関係だということだ。

（庭師はパトリシアが自分で木に登るつもりかと思い、知らせたのだろう。万が一、怪我でもされたら責任を追及されると危ぶんだのか。しかし王太子妃が木登りなど、まさか）

貴族令嬢は皆、幼い頃から淑女教育を受けている。庶民の子供がするようなお転婆《てんば》な遊びは厳しく叱られたはずだ。

いらぬ心配だと思った直後に、自らの考えを否定した。

(あの娘なら、やりそうだ)

昨年末の舞踏会を思い出していた。

挨拶のタイミングを逃すほど緊張しているのかと思いきや、その後は旺盛な食欲を隠そうともせずに食べ続けており、変わった娘だという印象を持った。

クラム伯爵があちこちで、『深窓の令嬢をついに社交界に出す』と触れ回っていたのは知っている。

それには少しの関心もなかったが、実際に目にした彼女が前評判とあまりにも違ったため、いくらか興味が湧いた。

ダンスに誘うと断ってきたのにも意表を突かれた。貴族の娘なら誰しも、家のために王太子妃の座を狙うものだと思っていたからだ。

パトリシアを妃に決めたのはラストダンスの最中に彼女に話した通りだが、今思えば予想外の言動を取られたことも理由のひとつかもしれない。

事前にリストアップしていた他の妃候補者よりは興味を持てたからだ。

(顔もはっきり思い出せない程度の興味だが。この先、何十年夫婦を続けようとも決して愛さ

ない、形だけの妻だ)

アドルディオンの心には忘れられない少女がいた。

大人になった少女を娶りたかったが、二度と会えない運命なので誰とも結婚する気はなかった。

しかし一年ほど前に病床の父に呼び出され、早く身を固めるよう命じられてしまった。

『わしの命がいつまでもあると悠長に構えているな。お前が妃を持てば国民の不安は薄らぐだろう。わしが亡き後も王家に憂いはないと行動で示せ。それが王太子の務めだ』

国民を安心させるためならば結婚も仕方ないと思い直したのだが、少女への罪悪感が一層深まり、人知れず苦しんでいた。

整備された木立が森のように離宮を囲んでいる。

アーチ形の門をくぐるとすぐに異変が目に飛び込んできた。

レモン色のドレスを着た女性がナラの木の枝にまたがっている。パトリシアだ。

斜め後ろでジルフォードが「まさか」と呟いた。

最初にアドルディオンが思ったのと同じで、賢い近侍も王太子妃が木登りするとは予想外だったようだ。

急いで駆け寄り、呼びかける。

「なにをしているんだ!」

木の上で笑みを浮かべていたパトリシアがビクッと肩を揺らして振り向いた。

オレンジ色の丸い目が大きく見開かれ、たちまち焦りを顔に浮かべる。

侍女は青ざめてオロオロしながら一歩下がって場所を空け、頭を下げた。

「も、申し訳ございません」

注意される前に謝ったパトリシアが慌てて木から下りようとし、スカート生地が枝に引っかかってバランスを崩した。

「危ない！」

反射的に手を伸ばしたが、受け止められるほど近距離には立っていない。

頭から落下するのではと肝を冷やした直後、彼女は片手で枝にぶら下がり、そこからぴょんと飛び降りて難なく着地を決めた。

唖然としているアドルディオンと向かい合った妻が、目を泳がせて言い訳する。

「あ、あの、アカゲラの雛をどうしても巣に戻したかったのです。危ないと思われるかもしれませんが、私は木登りに慣れて――い、いえ、その、子供の頃に少しだけやったことがあるんです。父の領地の田舎は自然豊かでしたので、ええと、その」

不適切な行動だという自覚は十分にあるようで、目を合わせることもできずに首をすくめている。

厳しい叱責《しっせき》を恐れているようだが、アドルディオンの方はそれどころではなかった。

大きく鼓動が跳ね、胸の中に温かで甘く、しかし悲しみと痛みを伴う記憶が蘇る。

(クララもこんな風に木から飛び降りてきたんだ。アカゲラの雛ではなく、見ず知らずの俺を助けるために)

あれは九年ほど前のこと――。

＊＊＊

十四歳になったアドルディオンはこの夏、父である国王からケドラー辺境伯領の視察を命じられた。

すべての貴族が王家の忠臣ではない。過去には政権をひっくり返そうとする内戦が何度もあり、多くの尊い命が失われた歴史がある。

現国王の御代《みよ》になってからは平和が続いているものの、反王派と呼ばれる貴族が十数家、残っており、どう懐柔《かいじゅう》していくかが課題であった。

ケドラー辺境伯もそのひとりで、国王が息子に命じたのは秘密裏での調査だ。

不当な収益を上げていないか、政府が取り決めた税率を守っているか、領民の暮らしぶりは申告書に記載されている通りかなどを確かめたい。密かに武器を蓄え、戦乱を起こす準備をしていないかも見定める。

アドルディオンにとって初めての大きな任務だ。父に力量を試されている気がして、なんとしても成果を上げなければと意気込んで出発した。

護衛や政府の官人たち三十人を連れ、辺境伯領に入ったのは王都を出て二日後だ。

木綿のシャツに素朴なベストを着て、民間人の旅人を装っている。

集団だと目立ってしまうため、四つの小隊に分かれて調査した。

十日かけて領主の館のある町と村をふたつ視察し、三つ目の海辺の村へ移動した。

青空の下、海風を感じながら漁港を目指して馬を進める。一面に広がる緑豊かな小麦畑の間のなだらかな坂道を下っていった。

(農産物と海の幸に恵まれ、村人の暮らしは豊かだろうと思ったが、壊れそうな家に住んでいる。農作業をしている民も粗末な身なりをしているな)

村民の収益に対し、ケドラー辺境伯が過剰に課税しているのではないかと疑った。

しかし隣から呑気な声をかけられる。

「視察に入ってから晴天続きですな。殿下の日頃の行いの賜物《たまもの》でしょう。しかしこう暖かいと、眠気が差して困ります。代わり映えしない、つまらん景色でございますし」

馬を並べているのはハイゼン公爵である。

四十代半ばでも肌艶がよく、白髪も少ないため若く見えた。頬骨の張った四角い顔に尖った鼻、力のある大きな目と厚めの唇が印象的だ。

アドルディオンが幼い頃から教育係を務め、少しずつ政務を行うようになった今は側近の役目をしている。

秘密裏での調査中だというのに、声をひそめずに『視察』や『殿下』などと言うためアドルディオンは周囲を警戒した。

すると公爵が声をあげて笑う。

「近くに誰もおりません。聞かれていたとしても町から遠い村ですから、領主の耳まで届きますまい。殿下は気を張りすぎでは。のどかな景色をそんなに険しい目でご覧になられては、かえって怪しまれますぞ」

そうかもしれないと思ったため、意識して口角を上げた。政務を補佐してくれる公爵を信頼しているからこそ、素直に助言に従ったのだ。

「公爵、先に見た村よりここは貧しいようだ。村長にそれとなく話を聞きたい」

「いえいえ、そこまでせずとも報告書は書けます。この視察で確認せねばならない最重要事項は謀反《むほん》の可能性ですから。領主の住まう町で、そのような噂も気配もございませんでした。もう視察は終わったようなものです。さっさと残りの村をすませて王都に戻りましょう」

「しかし――」

「おそらく殿下は民の暮らしというものを勘違いなさっておられます。王家の管轄領内が特別に潤っているのであって、一般の貴族領に住まう者たちはこれが普通でございます」

（つぎはぎだらけの服を着ているのが、普通なのか……？）

若干十四歳のアドルディオンはまだ公爵に政務を教わる立場である。

村民の収益を領主が不当に搾取《さくしゅ》しているのではという懸念を否定され、疑問を頭の片隅に置いたまま、港を視察してから次の村へ移動することになった。

この村の東には広大な森が広がり、その手前の道を少し戻ってから内陸の方に進むと隣の村に入る。

周囲は畑が途切れ、道の両側には木立が生い茂っていた。

ここよりさらに木々の密度の濃い森が前方に見えてきたその時、急に騎乗している黒毛の馬がいななないた。その直後に走り出し、アドルディオンを振り落とそうとして後ろ脚を蹴り上げる。

「どうしたんだ、落ち着け！」

必死に馬を止めようとするも、制御されまいとするかのように首を激しく振るので手綱《たづな》が手から離れてしまった。

馬のたてがみを両手で掴んで耐えているものの、今にも振り落とされてしまいそうだ。

木立の間を暴走する黒馬に従者たちの馬はついて来られない。

護衛や公爵の慌てる声はもう後ろに聞こえず、かなり引き離されてもスピードは落ちなかった。

アドルディオンは生まれて初めて命の危機を感じた。

（俺はここで死ぬのか？　父上の後を継いでこの国の平和を守るのが使命なのに）

ここで死んでは今までなんのために猛勉強してきたのかわからない。

自分の他に王位を継ぐ資格のある嫡子《ちゃくし》はなく、王家の血筋が途絶える予感に青ざめた。

（この馬を選ばなければよかった）

悔しさに顔をしかめたら、突然なにかがドサッと鞍の後ろに落ちてきた。

猿でも木から降ってきたのかと驚いたが、アドルディオンの脇の下を通り、後ろから前へと伸ばされた手は人間の子供のものだ。

「手綱に届かない。ちょっと屈《かが》んでくれる？」

その声は高くて可愛らしく、どうやら少女が乗っているようだ。

驚きと混乱でうまく状況を理解できないが、言われた通りに馬上で上体を伏せる。

すると少女がアドルディオンの背を乗り越えて前に移動した。暴れ馬の背で巧みにバランスを取れるとは身軽なものだ。

後ろ姿しか見えないが華奢で小さく、十歳に満たない年頃ではないだろうか。

助けようとしてくれているのはわかるが、年端もいかない少女になにができるのかと眉を寄せた。

（なぜ飛び乗ってきた。この子まで命を落とすぞ）

もろともに振り落とされる予感がして焦る中、少女が垂れ下がる手綱を手繰《たぐ》り寄せ、馬を操ろうとする。

「オーラ、オーラ。いい子ね。どこか怪我しているの？　後で私が見てあげる。だから止まって。お願い」

そんなことで止まるものかと思ったが、馬のスピードが急に落ちた。

飛ぶように流れていた景色が木の種類がわかるほどになる。

しかしホッとするのは早かった。最後の抵抗とばかりに馬が大きく後ろ脚を蹴り上げて、アドルディオンの体が浮かんだ。

「あっ！」

少女が振り向いて懸命に手を伸ばすも届かず、落馬したアドルディオンは草地に強く叩きつけられた。

目を覚ますと粗末なベッドに寝かされていた。

壁紙のない木目がむき出しの内壁から隙間風の音がする。

天井につるされたランプの火は弱く、質素な家の中をぼんやりと黄色く照らしていた。

落馬してから数時間経ち、夜になったようだ。

（ここはどこだ？）

上体を起こそうとして痛みに呻《うめ》いたら、部屋の奥から少女が慌てたように駆けつけ顔を覗き込まれた。

「急に起きちゃダメ。目が覚めてもあまり動かないようにって、お医者様が言ってたわ」

その説明によると、落馬して気を失ったアドルディオンは村男の手を借りて少女の家に運ばれたらしい。

少女は母親とふたり暮らしをしており、母親が村医者を呼んでくれた。

診断は全身打撲。幸いにも骨折はしていないそうだが、まともに歩けるようになるには三日ほどかかるだろうと言われたそうだ。

（三日か）

視察隊に自分の居場所を伝えて迎えにこさせたいが、秘密裏での任務のため誰にも使いを頼めない。

自力で歩けるようになるまで、ここで世話になるしかなさそうだ。

「君の母上は？」

部屋の中には自分たちしかいない。

「母上？　お母さんが急に偉い人になったみたい」

聞き慣れない呼び方だったのか少女がアハハと笑い、なんてことないように言う。

「お母さんは仕事に出かけたわ。夜は酒場で、よそから来た船乗りさんたちにお酌しているの。

朝は漁港で昼はブドウ農園よ。お母さんは忙しいけど、私がちゃんとあなたの面倒みてあげるから大丈夫」

朝から夜中まで働かなくては生きていけない貧しさなのだと察し、世話になっていいものかと難しい顔になる。

すると少女が勘違いをした。

「ちゃんとお家に帰れるか心配なのね。大丈夫。明日の朝、私があなたの家族にお迎えを頼みにいくわ。どこに住んでいるの？　隣の村？」

「いや、ひとりで旅をしていたんだ。家はこの領内にはない。かなり遠いから、動けるようになったらひとりで歩いて帰るよ。そうだ、俺の馬は？」

歩けずとも馬に乗れるようになれば、三日を待たずに出発できるかもしれない。

そう思った直後に、ため息をついた。

「あれは駄馬《だば》だ。暴れる馬には二度と騎乗できない。殺処分しなければ」

若く脚力があり毛艶《けづや》の美しい馬だったが、危険である。

独り言として呟いたのだが、途端に少女が怒りだした。

「うちには納屋がないから、馬はお隣で預かってもらってる。鞍を外したら、血が出ていたのよ。留め具が壊れて刺さったんだわ。可哀想に。乗る前にちゃんと馬具を確かめないとダメでしょ。後で馬に謝って」

年下の平民の少女に叱責されて驚いた。

王太子として幼少期からかしずかれてきたので、『ダメでしょ』などと直接的な言い方で注意されたのは初めてだ。

しかし納得できたため、少しも腹を立てずに感謝する。

「怪我には気づかなかった。君の言う通り、悪いのは俺だ。後で馬に謝ろう」

「うん、それがいいわ」

「教えてくれてありがとう。助けてくれたことにも感謝する。君は随分と馬の扱いに長《た》けているんだな」

「長ける？　上手に馬に乗れるってこと？　たまに馬貸しのおじさんのお手伝いをしているの。体を洗ってあげたり、敷き藁《わら》を取り替えたり、餌と水もあげているわ。おじさん、腰が痛くて馬の世話が大変だから」

「駄賃《だちん》をもらえるのか？」

「お金じゃないの。困っている人がいれば助けるのは当り前よ。それにね、私はやりたいの。馬は賢いからお世話すると顔を覚えてくれる。鼻をすり寄せてきて可愛いのよ」

嬉しそうにフフッと笑っている少女を改めてよく見た。

緩やかにウェーブがついた髪は顎の長さに短く切られ、水色のエプロンドレスは色あせて破れ目を縫った跡が目立つ。

日傘など差したことはないのだろう。鼻の付け根にはそばかすがあった。

しかしクリッとした丸い目や、さくらんぼのような唇が可愛らしく、なによりその優しく純真な性格に心惹かれた。

(助けるのが当たり前か。きれいな心だ。危険を顧《かえり》みず俺を助けてくれたのも、そういう気持ちからなのだろう。暴れ馬に飛び乗る勇気と、初対面で年上の俺に臆せず意見する真っすぐさ。この子のような少女は俺の周囲にいない。貴族の娘は皆、同じように上品で、口を開けばお世辞ばかりだ)

たとえ目の前の花が赤くてもアドルディオンが青だと言えば、貴族令嬢たちはそれに倣《なら》うだろう。

彼女たちと話す時はいつも気に入られたいという思いが透けて見えるようでうんざりしていた。

(平民の娘は皆、このようなのか？　いや、まさか全員が好んでただ働きをしないだろう。この子が特別に清らかなんだ)

「君の名は？」

「クララよ。九歳になったわ」

「俺のことはアドと呼んでくれ。悪いけど、歩けるようになるまでここに泊まらせてほしい」

痛みに顔をしかめながらもなんとか上体を起こし、頭を下げた。

父以外の者に深々とお辞儀したのも初めてだ。

するとい小さな手で背中を支えてくれたクララが、「任せて」と元気な声で張りきった。

クララの家でふた晩を過ごすと、体の痛みは大分引いてきた。

ゆっくりなら歩けるが、もうひと晩はここで怪我を癒そうと考えている。視察隊を探している時になにかアクシデントがあっても、今はまだ走って逃げられそうにないからだ。

秘密裏での任務が失敗に終わるのだけは避けたいと思っていた。

時刻は七時半。家の中にはアドルディオンの他に誰もいない。

クララと母親は仕事に出かけている。

彼女が生まれた時から父親はなく、学校さえ通えない貧しさなのだそう。

もっと小さな時から母親と一緒に漁港で水揚げされた魚介を選別したり、ブドウ農園で農作業を手伝ったりして働いていると言っていた。

今朝も早くから母娘は家を出て漁港に向かった。

(王都に住まう子供は義務教育を受けているのに、他貴族の領地はこうなのか。領地内のことには不干渉だなどと言っていられない。でも、内政に口出しすれば貴族たちの反感を買う。戦争にならないように改革を進めるとなると、年単位の時間が必要になるな)

ガラスもない窓から晴れ渡る空を眺めて考えていると、玄関の木戸が勢いよく開いた。

「ただいま！」

クララが帰ってきたのだ。

重労働の後とは感じさせない元気さで、その眩《まぶ》しい笑顔にアドルディオンは目を細めた。

「おかえり。君のお母さんは？」

「まだ漁港よ。帰ってない漁船がいるの。戻ったら魚を仕分けないといけないから」

クララだけ先に帰宅するよう言われたそうで、それはアドルディオンのためだった。

「お腹空いたでしょ。すぐ朝食を作るわ。ねぇ、これ見て」

得意げなクララが持ち帰ったバケツには、小魚や貝がたくさん入っていた。

売り物にならない種類や小さなサイズのものはただでもらえるそうで、貧しくてもなにかしら食べ物はあるらしい。

クララが台所に立って三十分ほどすると、いい香りが家中に広がる。

木の板に釘で脚をつけただけのテーブルに湯気立つ魚介のスープが出され、ふかしたジャガイモと丸ごとのリンゴも添えられた。

「ありがとう」

心からお礼を言い、クララと向かい合って食事をする。

「これは……驚くほど美味しい」

お世辞ではない。新鮮な小魚を骨まですり潰して作るスープはこの村の伝統料理だそうで、濃厚な旨味が口内に広がった。

「まだ子供なのにクララはなんでもできるんだな。感心する。忙しい母親に代わって家事をしなければならないのは可哀想だけど」

彼女の置かれた境遇を憐れんでいると、リンゴにかぶりつこうとしていたクララが目を瞬かせた。

「どうして可哀想なの？　私、料理をするのが好き。楽しいし、美味しいって言ってもらえるとすごく嬉しいの」

なぜ同情されるのか本気で理解できない様子に、アドルディオンはハッとさせられた。

（俺は傲慢《ごうまん》な考え方をしていたようだ）

王城の使用人の中でコックは階級が低い。料理は下働きの者たちの肉体労働で楽しむものではないと、自然と見下していたことに気づいた。

（帰還したら王城の料理人たちを労《ねぎら》いたい。日々の食事に感謝し、その都度、味の感想を言うよう努めよう）

庶民に寄り添った政治をと大義を掲げるより先に、身近な使用人たちの気持ちを汲まなければと自分を戒《いまし》めた。

食事が終わると洗濯をするというので一緒に外に出た。

この辺りは畑の中に民家がポツポツと建っており、隣の家まではかなり距離がある。

空は青く、畑には緑が広がり、左手に海が少しだけ見えた。右奥には海に面した崖が見え、急斜面に緑が広がっている。

そこはワイン用のブドウ農園で、ワインは村の特産品になっているそうだ。

クララと母親は早朝からの漁港での仕事を終えたら、ブドウ農園で働く。

洗濯をすませたら、今日もクララは農園に出かけるのだろう。

働きづめなのに、ふたりとも明るく笑っているのが救いに感じられた。

アドルディオンは壊れた木箱をひっくり返して腰かけた。

そのすぐそばではクララが、井戸から汲み上げた水を木製の大きなタライに入れている。

「アド、なにを見ているの？」

「ブドウ農園。なぜ急斜面に畑を作ったのだろう。作業がしづらいのに。塩分を含んだ海風のせいで実りも悪そうだ」

「あそこだから美味しいブドウが育つのよ」

クララが農園主から聞いた話によると、厳しい環境で育つブドウは甘く力強い味がするらしい。

「そういう理由なのか。面白いな」

「農作業がしづらいというのは、そうね。あそこに立てばわかるけど、ここから見るよりずっと急よ。昔、風で飛ばされた帽子を追いかけて、崖から落ちて亡くなった人がいたんですって」

横からはジャブジャブと洗濯の音が聞こえる。

（そんな危険な場所で、九歳の君を働かせたくない）

眉根を寄せて横に振り向いたアドルディオンは目を見開いた。

クララがタライに入り、石鹸をつけた洗濯物を裸足《はだし》で踏んで洗っている。

それはいいのだが、エプロンドレスの裾をまくり上げて腰の辺りで留めているため、太ももの上の方まで肌があらわになっていた。

日焼けして健康的な肌色をしているが、真綿のような太ももを見れば色白なのがわかる。

生まれながらのものなのか、右の太ももの内側にはリンゴの花弁のような形のピンク色の痣があった。

それが印象的に目に飛び込んできて、心臓が大きく波打った。

「それでね、農園主のおじさんから、たとえ大事な剪定鋏《せんていばさみ》でも、落としたら自分で拾わないようにって言われているの。命より大事なものはないからって。おじさんも奥さんも、すごく優しいのよ。大好き」

「へ、へぇ。子供のクララに一応の配慮はしてくれるのか」

クララは自分があられもない格好で洗濯をしているとは、少しも思っていないようだ。こちらが驚いているのにも気づかず、話しながら足踏みを続けている。

アドルディオンは動揺を悟られまいとしてすまし顔をキープし、視線をブドウ農園に戻した。

心なしか頬が熱い。

（まだ小さいから……いや、もう九歳だ。貴族なら婚約する娘もいる。クララは純朴すぎる）

夜になると母親が酒場へ仕事に出かけ、またクララとふたりきりの時間が訪れた。

「アド、今夜も教えて！」

「いいよ」

細々と燃えるランプの明かりの中、食卓テーブルに向かい合う。

農園主からもらったという表紙が汚れた未使用の台帳に簡単な数式を書いた。

「昨日、教えたものは覚えている？」

「うん。ひと桁の足し算は大丈夫よ。今日は二桁なのね。十七に四を足したら、ええと……」

「十と七に分けて考えるんだ」

学校に通えないクララの学力は、ひと桁の数字が読めて自分の名前がなんとか書ける程度だった。

それで昨夜、読み書きと算数を教えてあげたら喜んでくれた。

今も小さな手で指を折りながら計算し、正解にたどり着くと目を輝かせた。

「できた！」

教えたことはすぐに飲み込み、類似問題を自分で解ける。学校に通えるなら、きっと優秀な成績をおさめるだろう。

「クララは賢いな」

「そうなの？　この前、学校に行っている子にバカにされたから嬉しい。勉強を教えてくれてありがとう」

満面の笑みを向けられてアドルディオンの胸が高鳴る。感謝の言葉を初めて聞いたかのような気分にさせられた。

（臣下や貴族たちからの感謝とはまったく違う。少しもお世辞が混ざっていないからか。心から感謝されるとこちらも嬉しいものなのだな。クララの言葉は純粋で気持ちがいい。もっとクララと話したいけど……）

「ねぇ、毎日勉強を教えてくれる？」

期待を込めた目に見つめられて言葉に詰まる。

ここで世話になり明日で三日になる。

村医者の言葉通りかなり動けるようになったので、明日の朝に出発しようと考えていた。

おそらく視察隊が血眼《ちまなこ》になって自分を探しているはずだ。無事な姿を早く見せなければならない。

頷かないアドルディオンを見て、クララは首を傾げている。

三日という言葉を忘れてしまったのか、アドルディオンがいつまでもここにいるような感覚になっているのかもしれない。

「明日の朝にここを発つ。泊めてくれてありがとう」

「そんな……。もう少し治ってからの方がいいんじゃない？」

「いや、早く帰らないといけない」

「でも、でも、雨が降りだしたわ」

悲しそうな顔をして、クララが引き留める理由を探す。

「ほら、ザーザー降ってる。明日もきっと雨よ。晴れるまでうちにいた方がいいわ」

「雨でも行く。行かなければならないんだ。ごめん」

貧しい家で自分より五つも年下の少女に世話になり申し訳なさを感じていたが、アドルディオンの滞在をクララは嬉しく思っていたようだ。

つぶらな瞳がたちまち潤み、別離の寂しさに涙するほど懐かれていたらしい。

焦ったアドルディオンはなんとか泣きやませようとして、木綿のシャツの袖口からカフスボタンを外した。

アクアマリンの透き通った水色の石をはめ込んだ銀色のカフスボタンだ。

石は小粒で宝石の価値はさほどではなく、入手経路も思い出せない。

宝石商が来城すると選ぶのが面倒なので、しばしば見せられたジュエリーのすべてを買い取っていた。このカフスボタンもきっとそうやって手に入れたのだろう。

旅立つ前、持っている中で庶民風の質素なものを選んだつもりだったのだが、付けること自体が裕福さを表しているのだと、この村に来てやっと気づいたところだ。

もっと早く外すべきだった両袖のカフスボタンふたつを、クララの手に握らせた。

「これをクララに。売ればいくらか金になる」

視察の資金は十分だが財布は臣下に預けているので、お礼に渡せるものはこれしかない。

「世話になった対価としては安すぎるよな。ごめん」

どうせ庶民になりきれていないのなら、もっと価値の高いカフスボタンを付けてくればよかったと今さらながらに後悔していた。

驚いて涙を引っ込めたクララが手のひらをじっと見る。

「きれいね。ブドウ畑から見る海の色みたい。お日様の光にあてたらもっと輝きそう。ありがとう。私の宝物にするわ」

「売らないのか？　生活費の足しになると思うよ」

「お金に換えちゃったらもったいない。アドとの思い出なのに」

ともに過ごした短く濃い時間をクララも大切に思っていると知り、喜びで胸が震えた。

「これがあれば寂しくないわ。次に会える時まで大切にする。そうだ、ひとつは返す。同じものを持っていたら、アドは私を忘れないでしょ？」

クララが嬉しそうに笑って、一対の片方をアドルディオンの手に戻した。

その可愛い笑顔に苦しくなる。

(次に会う日が来るだろうか?)

ここは反王派の辺境伯領で、いわば敵地だ。

気軽に会いに来られず、多忙な日々の中でその時間もないだろう。

早く政務を覚えて民のために政治を動かすのが王太子の使命である。

(ここを出たら、二度とクララに会えないな……)

わかってはいたが再会を信じる曇りなき目で見つめられると、アドルディオンの胸にも別れの寂しさが重くのしかかった。

(貴族令嬢にはない純朴さ。裏表のないクララの言葉は信じられる。できるなら王都に連れて帰りたい)

そう思うほどにクララに惹かれている自分に驚いた。


翌日、朝早くに出発する。

今は雨が上がっているが風は強く、日の出までは時化《しけ》ていたそうだ。

船は漁に出られなかったため、いつもは仕事に出かけているクララと母親が家にいた。

「お世話になりました」

玄関口で頭を下げると、母親が優しく微笑んだ。

まだ二十六歳と若く、クララと顔立ちがよく似ている美人で、苦労を感じさせない明るい性格をしている。

「よくなってよかったわ。気をつけて帰ってね」

クララは見送りに出てこない。

昨夜は別れを受け止めてくれたように見えたが、いざとなると寂しさに耐えきれず、部屋の奥で泣いているのかと胸が痛んだ。

けれども「待って！」と元気な声がして、フードつきの黒いマントを羽織ったクララが走り出てきた。

「その恰好は？」

「途中まで送るわ。アドが迷子になったら困るもの」

「いや、迷わないよ。雨になりそうだからクララは家にいた方がいい」

またすぐ雨が降り出しそうな曇り空で、なにより一緒にいる時に視察隊に遭遇すればクララに対して身分を隠すのに困りそうだ。

「雨が降ってもいいようにマントを着ているのよ。絶対についていくから」

じっと見上げてくる丸い目に、もう少し一緒にいたいという気持ちがにじんでいた。

「仕方ないな」

嘆息しながらもアドルディオンの口角が上がる。別れがたいのは一緒だ。

母親に見送られたふたりは隣家に預けていた黒毛の馬を引き取り、綱を引いて歩く。

馬の背中の怪我は完治までもうしばらく時間が必要で、鞍は外して置いてきたため騎乗できない。

「痛い思いをさせてすまなかった」

クララに約束した通り馬に謝ると、鼻先をすり寄せてきた。

こんなに従順な馬を処分しようとした愚かさを反省し、気づかせてくれたクララに改めて心の中で感謝した。

畑の中の細道をゆっくりと進み、木立が生い茂る方へ進む。

とりあえず視察隊と別れた地点に向かおうと考えていた。その周辺で会えなければ、拠点にしている町の宿屋まで戻るつもりである。

クララは話したいことが山ほどあるようで、漁港や農園、村にひとつしかない小さな教会や大好きな村人についてアドルディオンに教える。

「ゼフリーさんというおじいさんもいい人よ。この先にある森の中で炭焼きの仕事をしているの。そうだ、アドは森に入っちゃダメよ。子供だけで入ったら危ないのよ。よそ者もダメ。悪魔に食べられちゃうから」

「悪魔？」

村の東に広がる森には古くから悪魔が住んでいるという言い伝えがあるそうだ。

森に誘い込み、迷わせて食らうらしい。

クラらはその話を信じているようで、森に詳しい炭焼きの老爺と一緒の時しか立ち入らないという。

(子供や旅人が深い森に入って迷うのを防ぐための迷信だろう。悪魔など非現実的だ)

それをクララには言わず、「気をつける」とだけ答えた。

出発してから三十分ほど歩くと、ポツリと雨粒が頬にあたった。

着ている木綿のシャツに水玉模様ができたのを見て、クララが「あっ」と気づいた。

「ごめんなさい。アドの分のマントがなかったわ。これ、貸してあげる」

襟元の紐を解こうとしているクララの手を止め、頭にフードをかぶせた。

「俺は大丈夫。それに、ここでお別れだ」

ぬかるむ道の両側には木々が生い茂り、少し先は森になっている。

視察隊と別れたのはたしか、この辺りだ。

「もう少し先まで送るわ」

「ダメだ。クララにとっては見知った道とはいえ、風雨が強まれば危険だ」

しょんぼりと肩を落としたクララは、悲しみに耐えるかのように下唇をかんでいる。

アドルディオンの胸にも強烈な寂しさが広がり、離れがたい気持ちと葛藤する。

(このまま別れたら二度と会えない。本当にそれでいいのか。クララを手放して後悔しないのか？)

自分を叱って大切な気づきをくれる少女は、この先、現れないだろう。

純朴な笑顔で癒し、優しさの溶け込んだスープを作ってくれる少女もクララ以外にはいないと断言できる。

（クララが欲しい）

その衝動を抑えきれなくなり、クララの両肩を掴んで向かい合うと真剣な目をした。

「隠していたことがある。俺の名はアドルディオン・ルシファ・バシュール。この国の王太子だ」

のどかな辺境の村で王族の話題は出ないのか、身分を明かしても首を傾げられた。

「王太子ってなぁに？」

「国王の息子。将来は俺が父の跡を継いで王になる」

「えっ、アドってすごいのね！」

驚いてはいるが、ピンときていないのか少しもかしこまろうとしない。

その無邪気さがクララらしくて無礼な態度さえ愛しく思う。

「それじゃあ、アドのおうちってお城なの？」

ワクワクしている顔で問いかけたクララが急にしょんぼりとした。

「王都ってすごく遠いって、前にお母さんが言ってた。もしかして、もう会えないの？」

また会えると思い込んでいたが、アドルディオンの口から再会の約束がなかったことに気づいたような顔をしている。

たちまち目を潤ませたクララの手を取り、強く握った。

「また会えるよ。必ず迎えに来るから信じて待っていてくれ。クララを俺の妃にすると決めたんだ」

平民の娘の王家への輿入れは過去にない。

大きな反対に遭うのは必至で、それを覚悟の上でクララを娶ると決意した。

（父や重臣たちを必ず説得してみせる）

「妃って、お嫁さんのこと？」

「そうだよ」

キョトンとしていたクララだったが、やっと求婚されたのだと理解したようで頬が赤く色づいた。

「私がアドのお嫁さんに……」

「なってくれる？」

クララが照れくさそうに目を逸らして頷いた。

これが初恋なのだろうか。平気で太ももをさらして洗濯していた昨日より、ほんの少し大人になった顔をしていた。

（約束の口づけをしたいところだが、クララにはまだ早いな。次に会う時まで我慢しよう）

手のひらにマメができている小さな手をぎゅっと強く握った、その時――。

「殿下！」

叫ぶような呼びかけに驚いて振り向くと、前方の森から男がひとり飛び出してきた。

視察隊の二十代の護衛兵で、森の中までアドルディオンを探していたのだろう。

（すぐに会えてよかった）

拠点にしている町の宿屋まで馬を引いて歩かずにすむと安堵したが、その直後にギョッとした。

全速力で駆けてくる兵士の服は泥にまみれ、髪はボサボサだ。逞しく健康そうな顔をしていた三日前とは違い、やつれて目は血走っていた。

まるで不眠不休で戦をしていたかのような形相《ぎょうそう》である。

（俺を捜しているとは思っていたが、まさか睡眠も食事も取らずに？　ハイゼン公爵の命令か？）

気の毒なことをしたと反省し、労わねばと口を開く。

「捜索に感謝する。心配させてすまなかった。この通り、私は無事に――」

「殿下、お守りいたします！」

兵士は主君を引き寄せて背後に隠すと、腰の短剣を素早く抜いてクララに向けた。

「貴様が森の悪魔だな。退治してくれる」

突拍子もない勘違いに驚いたアドルディオンが、慌てて兵士の腕を掴む。

「なにを言う⁉　クララは村の子だ！」

「森の悪魔は少女の姿をしていると聞きました。獲物の警戒を削《そ》ぐために化けるのです。しかし、いかにも悪魔らしい黒いマントを羽織るとは詰めが甘い。騙されないぞ。正体を現せ」

「マントはただの雨よけだ。おかしなことを言っていないで、早く剣を下ろせ！」

クララは驚きと恐怖で固まり、細い足が震えていた。

(俺のせいで怖い思いをさせている。早くなんとかしなければ)

焦るアドルディオンは短剣を奪おうと手を伸ばしたが、振り払われてしまう。

十四歳の自分と体格のいい護衛兵とでは、力の差が歴然だった。

「剣をよこせ！」

「殿下は悪魔に惑わされておられるのです。正気にお戻りください」

「それはこちらの台詞だ！」

この思い込みの強さはどういったわけだろうか。

もしかすると、王太子を無事に見つけ出さねば牢獄行きだと脅されたのかもしれない。三日間、必死に深い森の中を捜し回っているうちに、見つからないのは悪魔の仕業《しわざ》だと思い込んだのか。

極度の疲労状態で思考が正常に働いていないようだ。

「追い詰められていたのだな。申し訳なかった。帰還したら報奨《ほうしょう》を与えるゆえ、剣を下ろしてくれ」

「手をお放しください。おのれ悪魔め。貴様が殿下を操っているのだな」

クララとの距離を詰めようとする兵士の胴に両腕を回し、全力で引っ張った。

それでも剣先はじりじりとクララに近づいていく。

(ダメだ、このままでは――)

「クララ、走って逃げてくれ。頼む!」

アドルディオンの叫びを聞いて、ハッとしたようにクララが身をひるがえした。

「逃がさん」

主君の腕を振りほどいた兵士が駆け出し、アドルディオンがそれを追う。

「やめろ、命令を聞け!」

いくら叫んでも兵士の心には届かず、足を止めてくれない。

クララは木立を抜けてオリーブ畑を突っ切り、川の方へ向かっていた。

生活や農業用水に使われている川が村を二分するように流れ、海まで続いている。

ここから一番近い民家が橋を渡った先に見えるので、クララはそこに逃げ込むつもりなのだろう。

五メートルほどの川幅に架けられた橋は細く、欄干のない簡素な木製で、昨夜からの雨で増水した川に押し流されそうな頼りなさだ。

打撲した体の痛みも忘れて、アドルディオンは必死に追いかける。

橋を渡り始めたクララの背後に兵士が迫り、短剣が振り上げられた。

強烈な焦りの中、止めようと限界まで手を伸ばしたが、あと半歩、兵士の腕まで届かない。

「クララ、左によけろ！」

その声に反射的に反応して攻撃をかわしたクララだったが、体勢を崩して川に落ちてしまった。濁流に飲まれてもがく姿があっという間に遠ざかる。

「クララっ！」

川に飛び込もうとしたアドルディオンを兵士が担ぎ上げた。

「放せ、クララを助けなければ！」

「悪魔は退治しました。殿下は拠点にお戻りを。公爵様が心配しておられます」

力づくで町の宿屋まで連れ帰られたアドルディオンは、無事を喜ぶハイゼン公爵に怒りをぶつけた。

「暴れる馬から私を助けてくれたのはクララだ。動けるようになるまで三日間、世話もしてくれた。命の恩人に刃を向けるとは許しがたい所業。あの兵士を拘束しろ。宿屋の部屋から一歩も出すな。残りの者はただちにクララの救出に向かわせろ」

「殿下、落ち着いてください」

「平静でいられるものか。私も村に戻る」

「それはなりません」

一昨日の昼頃、中間報告を求めて国王の使者が来て、別の宿屋で待たせているそうだ。

アドルディオンがここから一番遠い村まで出かけていることにして時間を稼いでいたが、『いくらなんでも遅いのでは』と少し前に文句を言われたらしい。

「急ぎ、使者殿にお会いくださいませ。なにかあったのかと不審に思われます」

「もうしばらく待たせておいてくれ」

「殿下はこの視察の意味をお忘れですか。陛下から試されておられるのですぞ？」

辺境伯の動向や領地の様子が知りたいのはもちろんだが、国王はこの視察で息子の力量試しをしている。

行方不明になっていたと知られたくはない。

失態が国王に伝われば、仕事を任せるのは時期尚早《しょうそう》だと政務に関わらせてもらえなくなりそうだ。もっと悪ければ、王太子の位を取り上げると言われてしまうかもしれない。

「しかし、クララが――」

唇を噛んだら、長年教育係を務めてきた公爵が諭すように肩に手を置いた。

「どうか王太子の本分をお忘れくださいますな。その代わり、私が責任を持って少女の捜索に向かいます。必ず見つけますので、ご心配なく」

「わかった……。必ずだぞ」

政務は公爵に教わり、今の自分がある。教育係の役目を終えても側近として支えてくれるハイゼン公爵を信頼していた。

(公爵ならきっと、無事にクララを見つけ出してくれる)

そう信じて使者に会うことにしたアドルディオンだったが――。

それから半日ほどして真夜中になり、村から戻った公爵に聞かされたのは残酷な報告だった。

「流された少女を河口で発見しましたが、すでに息絶えておりまして、誠に残念でございます」

呼吸が止まり、ナイフで切り裂かれたように胸が痛んだ。

悲しみと後悔で涙がとめどなくあふれ出る。

(俺のせいだ。俺が兵士を止められていれば。いや、クララの見送りを拒否していれば……違う、俺に出会わなければクララが亡くなることはなかったんだ。なんと言って詫びればいいのかわからない。クララにとっての悪魔は俺だった)

＊　＊　＊

ショックのあまりそこから先、数日間の記憶があいまいだが、公爵から慰めにならない励ましをもらったのは九年経った今でも覚えている。

『痛ましい結果でございますが、そこまで気を落とされずともよろしいのでは。たかが平民の娘がひとり亡くなっただけでございます。殿下の名は伏せて、葬儀費用にと母親に金貨を渡してまいりました。償《つぐな》いとしては十分でしょう。あの娘については早くお忘れになるのが賢明でございます。王都に帰還後はエロイーズにお茶の招待をさせましょう』

平民も貴族も命の価値は同じであるはずなのに、『たかが平民の娘』と言ってのけた公爵を激しく軽蔑した。

それまでにも平民を軽視するような政治姿勢を見せていたのが気になっていたので、この件をきっかけに側近の役目から外して別機関に異動させたのだ。

それから九年、クララに対する懺悔の気持ちを忘れず生きてきた。妃にするという約束を果たせなかったのならば、せめて誰も愛すまいと心に決めていた。

それがせめてもの償いだ。

しかし今、目の前でしどろもどろに木登りの言い訳をしているパトリシアに鼓動が高鳴っていた。

（お転婆なところがあるとは思わなかった。伯爵領の田舎屋敷にこもっているのではなく、活発に外遊びをしていたのか。まるでクララのような身のこなしだ。そういえば年も同じ。生きていればクララは十八になる）

類似点を発見すると妻への興味が急に膨らんだ。

（よく見れば、顔立ちもクララに似ているな。髪や瞳の色も）

ゆったりと波打つ栗色の髪は外光のもとだと桃色がかって見え、瞳は夕日のようなオレンジ色だ。

特別珍しくない色合いだが、温かで活発なクララの人柄によく合った色だと感じた記憶がある。

肌色はパトリシアの方が白いと思ったが、クララも日焼けしていない部分は色白だったと思い出した。

（似すぎていないか……？）

動悸が加速し、勝手な想像が広がる。

（本当はクララは生きていたのではないだろうか。母親がなんらかの理由でクラム伯爵に出会い、見初められて結婚し、クララは伯爵家の娘に――いや、なにをバカなことを考えているんだ）

生きていたなら、ハイゼン公爵が嘘をついていたことになる。はなから面倒で捜索する気がなかったなどと、まさかそこまで非情な人間ではあるまい。

過去にクラム伯爵夫人と挨拶を交わしたこともあるが、クララの母親ではなかった。

なにより名前が違う。舞踏会の日に再会を喜ぶような反応がなかったのもおかしい。

（やはりクララは亡くなったんだ。俺のせいで。その現実は変えられない）

しかしパトリシアがクララに似ているのも事実なので、膨らんだ興味はしぼまない。

「今後は危険な行為はいたしません。大変申し訳ございませんでした」

アドルディオンが黙っているのは怒っているからだと思ったようで、パトリシアは肩をすくめている。

（怯えさせたくはない。クララのような眩しい笑顔を見せてほしい）

別人だとわかっていても亡き少女の面影を重ねてしまい、注意の言葉が甘くなる。

「たしかにそのままでは危険だ。木に登るならドレスは脱いだ方がいい。乗馬服を用意させよう」

貴族令嬢とは思えぬほどの身軽さなので、スカートさえ枝に引っかからなければ落ちる心配はないだろう。

「えっ？」

よほど予想外だったのか、パトリシアはポカンとしている。

目を丸くして口を半分開けた表情が実年齢より幼く見え、ますますクララに似ていると感じた。

もう少し妻を見ていたい気分だが、山積みの政務が待っているため背を向ける。引き返す足取りは軽く、口角が無意識に上がっていた。

隣に並んだ近侍が後ろを気にしながら問いかける。

「随分と寛大な処遇ですが、木登りをお許しになってよろしいのですか？」

「危険がなければいい。お転婆な王太子妃がいたっていいだろう。パトリシアが並みの貴族令嬢でないのは最初からわかっている」

舞踏会でアドルディオンからのダンスの誘いを断った彼女が、ひたすら食べ続けていたのを思い出して笑った。

社交場での作り笑顔には慣れているが、声に出して笑ったのは久しぶりだ。

ジルフォードが驚いたような顔をして、それから目を弓なりにする。

「妃殿下をお気に召されたのですね」

「契約結婚のようなものだと言ったはずだが」

信頼している近侍にだけはクララを死に追いやった罪悪感や、パトリシアと普通の夫婦関係を築くつもりがないことを話してある。

後継ぎを心配されたが、三歳になる姉の息子をいずれ養子に迎えるつもりなので王家の存続に問題はない。

「そうでございましたね。失礼いたしました。ですがティータイムをご一緒されるくらいならよろしいかと。今回のように独断での危険行為に使用人が驚く前にひと言ご相談くだされば、殿下が駆けつける必要もないかと思います」

もう少し交流を増やすべきだと助言する近侍に、そっけなく答える。

「考えておこう」

しかしクララに似ている妻とのお茶の席を想像すると、鼓動がわずかに高まった。

＊　＊　＊

西の空がオレンジ色に染まる頃。

メイド服に着替えたパトリシアはひとりで王城を抜け出し、乗合馬車に揺られて母が入院している病院までやってきた。

レンガ造りの大きな病院は四階建てで、母の病室は最上階だ。

階段を上るパトリシアの腕には手提げ袋がかけられており、ピンクと白のカーネーションの花束が覗いていた。

（今日はお花だけ。せっかく作ったトマトスープは持ってこられなかった。残念だわ）

アカゲラ騒動で見舞うのが遅くなり、病院で夕食が出される時刻になってしまった。

食欲のない母に、夕食と同時に差し入れのスープも出すのは酷である。

（でも雛を無事に巣に戻してあげられてよかった。ヒヤッとしたけれど）

木から落ちそうになったことではなく、夫についてだ。

素性を怪しまれたらどうしようかと思ったが、それどころか叱られもしなかったのは驚きだ。

（殿下はお心が広いのね。それとも私に大して興味がないから、注意する気にもならないのかしら）

感情の読み取りにくい美麗な真顔を思い浮かべつつ階段を上っていると、上階から看護師が下りてきた。

母を担当してくれている三十代の女性で、パトリシアは会釈する。

「いつも母がお世話になっています」

「クレアさんの娘さん、今日もお見舞い？　メイドのお仕事は大丈夫？」

紺色のワンピースに白いエプロンというメイド服は、襟に小さく国旗が刺繍されている。

メイド服で初めて見舞いに訪れた時にこの看護師から『いい職を見つけたわね』と言われ、話を合わせるしかなかったのだ。

王太子妃なのもクラム伯爵の娘であるのも、ここでは秘密にしている。

「今は休憩時間で、ええと、その……」

嘘はやはり苦手である。

ぎこちない受け答えになってしまったが、看護師はニコリとして頷くと階段を下りていった。

きっと忙しく、立ち話をしていられないのだろう。

ホッとして足を進め、四階の床を踏む。

母の病室は奥まった場所にあり、その一角は特別室が並んでいる。

一般の病室よりも看護体制が厚く、ソファやテーブルセット、チェストにライティングデスクもあって豪華なひとり部屋だ。

最初に入ったのは大部屋だったのだが、特別室への移動はクラム伯爵からパトリシアへのご褒美《ほうび》である。

娘が王太子妃となったことで政府の重役に昇進し、交易でも優位な取引ができるようになったらしい。

その恩恵に比べたら、特別室の入院費は安いものだろう。

ドアをノックして開けると、母がテーブルに向かって食事中だった。

「よく来てくれたわね」

嬉しそうに微笑むその顔はまだ血色が悪い。

痩せすぎで腕も足も骨ばって見え、よくなってきていても完治までの道のりは長そうだ。

「ごちそうさま」

向かいの椅子に座ったパトリシアは、置かれたばかりのフォークを母の手に戻した。

「もう少し食べて。まだ半分以上、残っているわ」

「お昼は頑張って食べたから許して。それよりあなたの話が聞きたいわ。つらい目に遭っていない？　無理していない……わけないわよね。お母さんのせいだわ。ごめんなさい」

母はことあるごとに病気になった自分を責め、娘に詫びる。

クラム伯爵邸で暮らしていた時もそうだったし、王太子妃になってからもだ。

ただの村娘だった我が子のシンデレラストーリーを喜ばず、貴族として生きなければならない苦労に涙してくれる。夫から愛されているのならまだしも名ばかりの妻であり、大切にされないのではないかと、それについても心配しているようだ。

不安にさせないよう母の前では楽しい話しかしてこなかったのに、なぜかいつも気持ちを読まれてしまう。

眉尻を下げている母に、パトリシアは笑みを向ける。

「私は大丈夫よ。離宮暮らしにも慣れたし、エイミもそばにいてくれる。王城は色んな人がいて毎日刺激的よ。今日も叔母様がいらして、流行りの本をいただいたの。そうそう、アカゲラの話もしないと」

今日あったことを面白おかしく母に教える。

「それでね、叱られると思ったのに『木に登るならドレスは脱いだ方がいい。乗馬服を用意させよう』と殿下が仰ったの。妃がお転婆でもいいのかしら。殿下なら、村娘の素顔を見せてもお許しくださるかも。漁港や農園で働いていた話をしてみようかな、というのは冗談よ」

クラム伯爵邸で暮らしていた頃は父と兄しか貴族男性を知らなかったので、高い身分の男性に冷たい印象を持っていたが、アドルディオンは違うようだ。

笑ってくれるのを期待していたのに、急に母が遠い目をして黙り込んだ。

「具合が悪くなったの？　大変。早くベッドに横になって」

心配するパトリシアに、ハッとした母が首を横に振った。

「ちょっと思い出していただけよ。お転婆なあなたを気に入ってくれた男の子のことを」

「男の子って、ボビー？　それともジェフ？」

近くに住んでいた村の少年の名前である。

「なんでもないわ。そうそう午前中にね、向かいの病室に新しい患者さんが入ったのよ。お母さんはよく知らないけど、高貴な家柄のおばあさんなんですって」

「そうなの」

大部屋の時は同室の患者と話したけれど個室では交流がないと思うので、その話題は盛り上がらなかった。

その後は持ってきた花を生けて村での思い出話をし、三十分ほどして椅子を立つ。

不在の間、私室にこもって読書していることになっており、もし誰かが訪ねてきたらエイミが対応して時間を稼いでくれる。秘密の外出なので長居できなかった。

「お母さん、また明日ね」

「来てくれてありがとう。でも無理しなくていいから」

断っても階段の下り口まで送ってくれた母が、ゆっくりとした歩調で病室に引き返す。

病院内を歩くのがやっとのようだが、ベッドからひとりで起き上がることもできなかった一年前を思えばかなり回復したと言えよう。

(あのまま村にいたらどうなっていたことか。王都の病院に入院できてよかった)

母が健康を取り戻せるなら、どんな苦労も厭《いと》わない。

娘を伯爵家が繁栄するための道具にした父にさえ、今は感謝の気持ちが湧く。

階段を下りて病院の出入口に向かっていたら、廊下の曲がり角で前から来た人と出会い頭にぶつかってしまった。

「キャッ」

驚きの声は身なりのいい若い女性のものだ。

パトリシアが謝るより先に、斜め後ろにいた屈強そうな男性が女性を心配する。

「お嬢様、お怪我はございませんか?」

「ええ」

ハッとしたパトリシアは、慌てて隠すように顔をうつむかせた。

ブロンドの髪に灰赤色の大きな目、お嬢様と呼ばれた女性に見覚えがあったからだ。

(ハイゼン公爵家のエロイーズさんだ)

男性は護衛兼、荷物持ちの従者と思われる。

彼女も誰かのお見舞いに来たようで、バラの花束と高級フルーツがこぼれそうなほど詰められたバスケットを従者に持たせていた。

（気づかれたら困る）

動揺しているパトリシアに従者が厳しい目を向けた。

「詫びないのか？　無礼な娘だ。お前がぶつかったこのお方は――」

「おやめなさい。人が見ているわ。我が家の評判を落とさないで」

「はっ。申し訳ございません」

「ぶつかって失礼いたしました。あなたもお怪我はないようね。あら？　その制服。あなたは王城で働いていらっしゃるの？」

問いかけられて焦りながら、パトリシアは小声で返事をする。

「そ、そうです。メイドです。あの、お嬢様にぶつかって申し訳ございませんでした。それでは失礼します」

顔を上げずに脇をすり抜けようとしたら、横顔に視線が突き刺さった。

「お待ちになって」

背後から上品な声で呼び止められる。

「どこかでお会いしなかったかしら？　もっとよくお顔を見せていただけます？」

「す、すみません。急いでいます」

病院から飛び出してもなかなか焦りが引かず、夕暮れの街を走り続ける。

（バレなかったよね？）

エロイーズとは昨年の舞踏会で会った以来である。

名家の令嬢なので結婚式に招待されたはずだが、列席者の中に彼女の顔はなかったように思う。

舞踏会では直接言葉を交わさなかったたし、夜会用のドレス姿とメイド服では見た目の印象が異なるはずだ。

だから気づかれていないと都合のいい結論を出し、やっと焦りを解いて歩調を緩めた。

（そういえば、お母さんの向かいの病室の新しい入院患者さんは高貴な家柄だと言っていた。もしかしてエロイーズさんのおばあさま？）

変装しているからといって今後のお見舞いは気を抜けない。

鉢合わせないよう細心の注意を払わねばと嘆息し、乗合馬車の停留所を目指して歩いた。


王太子に嫁いで二か月ほどが経つ。

そろそろ妃の立場に慣れただろうとみなされ、最近では公務が増えた。

四日前には結婚式を挙げた教会の催しに出席し、昨日は民間の有力者の妻や娘が集う婦人会なるものに顔を出した。

ボロを出さないよう神経をすり減らして、離宮に戻った時には疲れ果ててソファに倒れ込む。

それでも公務を減らしてほしいとは言わない。王太子妃になったからには精一杯、務めようと心に決めていた。

そして今日は公務がないけれど、謁見希望の貴族が三組もいて忙しい。

王妹である叔母が訪ねてくれたなら断れるのだが、エイミが探りにいった結果、今日は国王のお見舞いに来ていないらしい。

時刻は十六時半。三組目の謁見者はとある伯爵家の母娘で、今から帰るところだ。

応接室から出た廊下で母娘が揃って頭を下げる。

「本日はお会いくださいましてありがとうございました」

「こちらこそ、楽しい時間に感謝いたします。またいらしてください」

「我が家の催しにもぜひお越しくださいませ。近日中に招待状をお送りいたします。王太子妃殿下がいらしてくださったら、招待した他のお客様も大喜びいたしますわ」

お世辞に対してなんと返事をしていいのかわからず、微笑むだけにした。

社交界デビューしたのがわずか七か月ほど前なので、会話運びに困る時がまだ多い。

使用人の案内で伯爵家の母娘が去っていくと、パトリシアは天井に向けて息を吐いた。

(貴族の方とお話するのに、いつ慣れるの？)

長時間、作り笑顔をキープしていたので頬の筋肉がつりそうだ。

指先で頬をマッサージしていると、玄関ホールの方からエイミが小走りで駆けてきた。

「ちょうどよかったわ。これからお見舞いに行くから、不在のごまかしをお願い。いつも協力してくれてありがとう」

「今日は無理です」

エイミの小鼻が開いている。

興奮しているような表情を見て、パトリシアは外出が無理な理由を悟った。

「もしかして、今日も殿下が？」

「そうです。すぐそこまでいらしています」

エイミが肩越しに振り向くと同時に、廊下の奥からアドルディオンが現れた。

白いブラウスと黒いズボンという軽装の彼は誰も伴わず、優雅な足取りで近づいてくる。

(あれ以降、離宮によく来るようになったわ)

木登りを見られてからというもの、二、三日おきにやってきてお茶の席をともにしている。

(政務でお忙しいのでしょう？　どうして会いに来るの？)

多忙を理由に結婚しても妻を構う気はないと言っていたのに、どういう心境の変化だろうか。

『これは恋です。王太子殿下はやっとパトリシア様の魅力に気づかれたんですよ。よかったですね。私もホッとしました。形だけの夫婦なんて寂しいですから』

この前、エイミがそう言って目を輝かせていたが、パトリシアは頷けなかった。

(殿下が私を好きに？　木登りがきっかけで？　呆れられることはあっても、それはないでしょう)

目の前で足を止めたアドルディオンにスカートをつまんで淑女の礼をとる。失礼のないようにと緊張した。

「ごきげんよう、殿下。暑い日差しの中、ここまで足をお運びくださいまして誠にありがとうございます。今日はどのようなご用でしょう?」

「堅苦しい挨拶はよい。仕事の合間に休憩しにきただけだ」

彼の口角は下がり、不満そうに見える。

(やっぱり私に好意があるというのはエイミの思い違いよ)

しかし瞬きもせずにじっと見つめてくる目はなぜか切なげで、パトリシアは困惑した。

「あの、私の顔になにか?」

「いや、気にするな」

ハッとしたように目を逸らす彼の頬は赤い。

にわか貴族の自分に王太子が照れるはずはないと思うので、真夏の屋外を歩いてきたせいだろうと解釈する。

形のいい額には汗の粒が光っていた。

「お茶をご用意いたしますので、少々お待ちください。エイミ」

控えている侍女に指示をする。

「紅茶と一緒に氷を入れたグラスとレモン、冷たいタオルもお願い。涼しい風が入る北側のお部屋に運んで」

貴族のおもてなしは温かい紅茶が基本だが、暑い日は冷やした方が飲みやすい。氷入りのグラスにレモンを絞り、ティーポットの熱い紅茶を注ごうと思っていた。

レモンは疲労回復効果があるので、政務に追われる彼にぴったりの飲み物だろう。

離宮で一番涼しい部屋に急いでお茶の席を整え、アドルディオンを通した。

白い天板の丸テーブルに向かい合って座ると、エイミがメイドと一緒に飲み物とアップルパイ、サンドイッチ、カットフルーツを並べてくれた。

エイミたちが一礼して下がり、ふたりきりの空間に緊張が増す。

パトリシアの表情が硬いのに気づいたのか、彼の方から話しかけてくれる。

「冷たいレモンティーか。気遣いをありがとう」

「は、はい」

「だが、もてなそうとしなくていい。気を楽にしてくれ。俺は話をして君を知りたいだけだ」

鼓動が速まるのは、口説かれていると勘違いしているせいではない。出自をごまかしているので、探られては困るという意識が先に働く。

答えにくい質問をされる前にと思い、自分から話題を選んだ。

「わかりました。では今日の私がなにをしていたのかお話しします。午前中は孤児院を訪問して――」

王都の西側に王立の大きな孤児院がある。

昨年、アドルディオンの指示で建て替えられ、真新しい白レンガの壁がきれいだった。

孤児院の定期的な慰問は以前から妃の役目と決められているそうだが、有力者との交流を目的とした他の公務よりもパトリシアの性に合っていた。

可愛い赤ちゃんを抱っこさせてもらい、元気な子供たちと一緒に遊ぶのを心から楽しんだ。

肉親と暮らせない悲しい状況下でもみんな笑顔で、将来の夢をしっかりと持っていた。

子供たちの弾《はじ》けるような笑顔は孤児院の運営に十分な予算が組まれ、職員教育がしっかり行われている証拠だろう。

それを監督しているのが王太子で、民を想う彼の政治を頼もしく思った。

「歌ったり輪になって踊ったり、子供たちとたくさん遊びました」

「そうか。王族が訪問すれば喜ばれる。子供たちの笑顔が目に浮かぶな」

「あの、それが、何人かを泣かせてしまいまして……」

鬼ごっこもしたのだが、手加減してはつまらないと思い、髪の乱れを気にせず本気で追いかけ回したら小さな子を怖がらせてしまった。

バツの悪い思いで白状し、その直後に余計な話をしたと後悔する。

(王太子妃がなにをしているんだと叱られそう)

肩をすくめて顔色をうかがったが、アドルディオンが吹き出して肩を揺らした。

(鬼ごっこも許してくださるんだ)

ホッとすると同時に、鼓動が温かく高鳴り頬が染まった。

(殿下が笑っている……)

公務や催しではいつも紳士的な笑みを浮かべている彼だが、心のこもらない作りものにはときめかない。

声をあげて笑うと親しみやすい印象になり、その方がはるかに魅力的に感じられた。

「君らしい遊び方だな」

まるでパトリシアをよく知っているかのような言い方に目を瞬かせる。

「え?」

「いや、なんとなく。子供との遊びであっても君なら全力を出しそうな気がしたんだ」

(殿下の中の私のイメージって……)

妻が淑女でなくても気にしないようだ。

それを理解すると、少しだけ素顔を見せたくなる。

「おかしいと思われるかもしれませんが、実は私、料理をするのが好きなんです。たまに調理場に入ってパンやお菓子を作り、離宮で働いてくださる皆さんに食べてもらっています。孤児院への差し入れも私が焼きました」

「へぇ、それは知らなかった」

（やっぱり殿下は怒らない。同じ貴族でもお父様とは違うのね）

「君が焼いた菓子はどんな味がするのだろう」

相槌《あいづち》と同程度の返しだとは思わず、パトリシアは喜んだ。食べたいと言ってもらえた気がしたのだ。

すぐに呼び鈴を鳴らしてエイミを呼ぶ。

「私が焼いたマドレーヌを持ってきてほしいの」

「かしこまりました」

「いや、俺は――」

「今朝、孤児院への差し入れにマドレーヌを焼いたんです。張りきって作りすぎてしまい、まだいくつか残っています。ですからご遠慮なく」

説明している間にエイミが戻ってきた。

走ってきたようで少々呼吸を乱しつつ、バターの香りがする貝の形をしたマドレーヌをふたつ、アドルディオンの前に置く。

その顔には隠しきれない喜びが浮かんでおり、夫婦睦《むつ》まじいのがたまらなく嬉しいと言いたげだ。

弾むような足取りでエイミが退室すると、パトリシアはマドレーヌを勧めた。

「どうぞお召し上がりください」

エイミに負けず劣らずの笑顔である。離宮のコックに味見をしてもらった時、高評価をもらったので自信があった。

子供たちは大喜びで競って食べてくれたし、アドルディオンもきっと美味しいと言ってくれるはずだ。

しかし期待に胸を膨らませて待っているのに、彼は手をつけようとしない。

真顔なので心情がわかりにくいが、どことなく困り顔にも見えた。

「マドレーヌは苦手でいらっしゃいますか？」

「いや、そうではない」

それならなぜ手をつけないのかと考え、ハッとした。

「大変申し訳ございません。差し入れの残りだなんて、殿下に失礼でした」

食べてみたいと言われた気がしてすっかり舞い上がっていたが、よく考えれば国王に次ぐ権力者に対して無礼である。

家に訪ねてきた村人に『残り物でよかったら』と、料理を出して喜んでもらっていた村娘時代とは違うのだ。

「こちらは下げますので、他のものを召し上がってください。本当に申し訳ございません」

「違うんだ。差し入れの残りだからと迷っていたわけではない。君の手作りの菓子は食べてみたいと思っている。嘘ではない」

焦りを目元に表したアドルディオンがマドレーヌを手に取った時、ノックの音がした。

パトリシアが返事をすると入ってきたのは近侍のジルフォードだった。

「王太子妃殿下、失礼いたします。殿下に急ぎのご連絡がありまして参りました。少々お時間をいただきます」

これまでにも近侍が同じ用件で離宮を訪れたことがあり、報告を聞いたアドルディオンはすぐに休憩を切り上げた。

(今日もこれでお戻りになるのかしら。忙しいなら仕方ないわ。でも少し、寂しい気がする)

まだ食べてもらっていないいからそう思うのだろうか。自分でもよくわからないが、話し足りない気持ちで眉尻を下げた。

近侍がアドルディオンに耳打ちしている様子を、パトリシアは黙って見守る。

(席を外した方がいいのか聞きそびれた。次からは気をつけよう。それにしても――)

ジルフォードは暑い日でも上着をきっちりと着込み、汗ひとつかいていない。

革靴は磨かれたばかりのように艶やかで、結わえている黒髪は少しの乱れもなかった。

潔癖なところがあるのだろうか。知的で真面目な雰囲気もあり、主君からの信も厚そうだ。

顔立ちは端整で、美麗なアドルディオンと並ぶと絵になる。

耳に口がつきそうなほど近距離で話す近侍と、それを当然のように許しているアドルディオンを見ているとパトリシアの頬が染まった。

思い出しているのは、先々月に叔母から差し入れられた『禁断の蜜月回顧録』というタイトルの本だ。

際どい挿絵に赤面したが、いただいておきながら開かないのは失礼だと思って少しずつ読み進め、昨夜やっと最後のページにたどり着いた。

内容もなかなか過激で、しかし涙する場面もあり、気づけば道ならぬ男性ふたりの恋を応援していた。

その物語の主人公も黒髪だったからか、ジルフォードと重ねて見てしまう。

（内緒話をするにしても近すぎない？　もしかしてジルフォードさんは殿下を……）

禁断の片想いではないかと疑った直後に、ハッと間違いに気づいた。

（片想いではなく両想いよ）

近侍と恋仲にあるとしたら、舞踏会でアドルディオンから『妃は必要だが形だけでいい』と言われた理由に説明がつく。

加えて今朝方、エイミから聞いた王城の噂も思い出した。

『大邸宅のメイドが掃除のためにドアを開けたら、抱き合っている男性ふたりを目撃したんですって。口止め料をたくさんもらったそうです。誰と誰の密会現場でしょう？　メイドの名前もわからないので調べてみます！』

（もしかしてあの噂は殿下とジルフォードさん？）

目の前ではまだふたりがヒソヒソと話している。

報告を聞いたアドルディオンが今度は近侍の耳に口を寄せて返答し、親密そうにも見える様子がパトリシアの推測を肯定しているかのようだった。

(どうしよう、おふたりの秘密に気づいてしまった)

赤い顔で動揺していたら、緊急の連絡は終わったようだ。

一歩下がって距離を取った近侍が、主君が手にしているマドレーヌに気づいた。

「殿下、そのお菓子はどうなされたのですか？」

「パトリシアの手作りだ」

一拍置いて答えた真顔の彼に、近侍が眉を寄せた。

「お気持ちはわかりますが、お待ちください。毒見係を呼んでまいります」

「えっ、毒!?」

これにはパトリシアも驚き、慌てて抗議する。

「私が殿下に毒を盛るとお考えなのですか？」

ふたりの恋路を邪魔する気は少しもないのに、ジルフォードにとって妃は恋敵《こいがたき》になってしまうのか。

恋人の妻にいい感情を持てないのは仕方ないのかもしれないが、毒殺を疑われるのは心外だ。

「そんなひどいこと、私は絶対にしません」

椅子から腰を浮かせ身を乗り出すように主張すると、近侍が困り顔をした。

「誤解を招く言い方をしまして申し訳ございません。毒見は決まりなのです。国王陛下と王太子殿下が口になさるものは、必ず毒見してからとなっております。妃殿下を疑っておりませんが、他者が異物を混入する機会がまったくなかったとは思えませんので」

「そうですか……」

そういえばこれまで、休憩しにきたアドルディオンが離宮でなにかを口にするのを見たことがない。

『あら、今日もすべて残ったまま。お茶も飲んでいらっしゃらない』とエイミが少し気にしていたのを思い出した。

王城に長く勤めている使用人なら毒見のルールを知っていたと思われるが、パトリシアの指示に従い用意してくれていたのだろう。

今日も彼のグラスの紅茶はひと口も飲まれぬまま、氷がすっかり溶けてしまった。

(言ってくださったらよかったのに)

知らなかったとはいえ、マドレーヌを押し売りしたのを反省した。

近侍が来なければ、毒見の決まりを破って食べていたことだろう。

張りきっている妻を無下《むげ》にできなかった彼に優しさを感じた。

「困らせてしまい申し訳ございませんでした。マドレーヌはそのままお皿にお戻しください。

食べようとしてくださった殿下のお気持ちを嬉しく思います」

『美味しい』という言葉が聞きたかったが、わがままは言えない。アドルディオンが気を使わぬようにとがっかりした心を隠し、強めに微笑んだ。

それなのに彼は眉間に皺を寄せ、マドレーヌを置こうとしない。

「作り笑顔はいらない」

不満げに言ったその直後、マドレーヌにかぶりついた。

(た、食べた。どうして？)

パトリシアは目を丸くして、近侍は止めようとする。

「殿下！」

「お前は黙っていろ。しっとりとしてバターの香りがいい。美味しいマドレーヌだ。パトリシアは料理上手なのだな。また作ってくれ」

レモンティーも半分ほど一気に喉に流した彼が、爽やかな顔で微笑んだ。

驚きの後にはパトリシアの胸にたちまち喜びが広がる。

(危険はないと信じてくださったんだ。味の感想もすごく嬉しい)

子供の頃から食べてくれた人の『美味しい』という言葉に元気をもらってきたが、これほど大きな喜びを味わうのは初めてかもしれない。

妻を信じルールを破ってまで食べてくれたアドルディオンの思い遣《や》りに胸打たれていた。

名ばかりの夫婦のはずなのに絆が生まれたのを感じる。

（また作ってと言ってもらえた。殿下のために料理をしてもいいの？）

期待が膨らんで心から微笑んだら、近侍の小さな咳払いが聞こえた。

目が合うと、『困ります』と言いたげに見られた。

（そうよね。決まりを破らせてはいけないわ。それに私と殿下が親しくなれば、ジルフォードさんはハラハラするわよね）

契約結婚のようなものとはいえ、恋人が妻を娶ってショックだったろう。

本で読んだ主人公の多難で悲しみの多い恋路を思い出し、ジルフォードに同情した。

（これ以上、悲しませたくない。私は恋敵じゃなく味方だとわかってもらいたい。どうすれば……そうだ！）

なにかを思い出したかのように手を叩いたパトリシアが、目を泳がせて早口で言う。

「そうだったわ。大切な急ぎの用があったんです。ですから殿下はジルフォードさんと休憩なさってください。廊下に控えている侍女とメイドも下がらせますので、おふたりがなにをなさっても誰も気づきません。どうぞご心配なく。それでは私は失礼いたします」

演技力が皆無なので嘘だとバレそうだが、ふたりきりにしてあげたいという気持ちは伝わるはずだ。

「は……？」

アドルディオンは意表を突かれたように両眉を上げ、近侍は目を瞬かせている。

彼らの表情に気づかないパトリシアは上手に気を利かせることができたと満足し、ドア前で会釈してからそそくさと退室した。

秘密はやがて暴かれる

オレンジ色の西日がアドルディオンの執務室に差し込む。

開け放している窓からぬるい風が入り、レースのカーテンを揺らしていた。

先ほど離宮から戻ったところで、執務椅子に座るとやりかけの書類を手に取る。しかし目は文章を上滑りし、妻の顔を思い浮かべてため息をついた。

(なぜだ)

パトリシアの手作りマドレーヌを食べたのは十日前になる。

それから三回、休憩時間に離宮を訪ねたが、決まって彼女が途中で席を立ち、代わりの話し相手にとジルフォードが現れた。

『王太子妃殿下の命を受けた侍女殿より、大至急と呼ばれて参りました』

そう言って駆けつけたジルフォードも困惑していた。

無理して時間を作り、離宮に通っているのはもちろんパトリシアと交流したいからだ。

クララに似ている気がしたが、会えば会うほどその思いは深まる。

毒見のルールを無視してマドレーヌを食べた時の嬉しそうな妻の笑顔は可愛らしく、冷たいレモンティーの心遣いには感心した。

あの時は妻との距離がグンと近づいたように思ったが、以降は避けられているように感じる。

今日は到着してたった五分で離席され、手作りの菓子も出されなかった。

(考えられる理由は――)

「俺はパトリシアに嫌われているのか?」

独《ひと》り言《ごと》として呟いたのだが、返事がある。

「そうではないと思います」

書類を抱えたジルフォードが入ってきたところだった。

政府機関とこの部屋を往復し出入りが頻繁になる時は、ノックは不要だと言ってある。

未処理の箱に書類を山積みにした近侍が、青い革表紙の本を机上に置いた。

「これはなんだ?」

明らかに政務とかかわりのないタイトルに眉根を寄せた。

「王太子妃殿下に贈られたものと同じ本でございます」

聞けば王妹の叔母が妻と懇意にしており、少し前にこの本を置いていったそうだ。

おしゃべり好きは難点だが子供の頃は大層可愛がってくれて、朗らかな性格の叔母を好ましく思っている。そのためパトリシアとの深い交流に口出しする気はない。

しかしジルフォードがわざわざ同じ本を探して持ってきたということは、内容に問題があるのだろう。

恋愛もののようなタイトルを読み、パラパラとページをめくって眉間の皺を深めた。

「叔母上は一体なにを勧めているんだ」

「市井で流行りの本なので、よいと思われたのかもしれません」

「だとしても、パトリシアにこれはない」

男同士の赤裸々な恋愛小説だ。

妻の純朴さを汚された気がして、叔母に文句を言わねばと顔をしかめた。

（いや、純朴なのはクララだった。パトリシアがどうなのかは知らない。どうもふたりを混同してしまう。別人だとわかっているのだが）

彼女がどんな顔をしてこの本を読んだのかと思うと、知りたいような知りたくないような曖昧な気分にさせられた。

挿絵の絡み合う男性ふたりを睨んでいたら、ジルフォードが思いもよらないことを言い出す。

「おそらく妃殿下は、私と殿下が恋仲にあると勘違いされているのではないでしょうか」

声も出せないほど驚いて、見開いた目に真面目な顔の近侍を映した。

くだらない戯言《ざれごと》は口にしない相手に、「冗談だろ？」と聞き返してしまう。

「そう思いたいものです。ですが勘違いなさっているとすると、すべてに説明がつきます」

「たしかに……」

アドルディオンの訪問を迷惑に思っているなら、最初から適当な口実で断るか、居留守を使えばいい。

しかしパトリシアは『お越しくださいましてありがとうございます！』と弾んだ声で歓迎し、途中退席してジルフォードとふたりきりにするのだ。

男ふたりになった部屋に人払いまでするのは、ジルフォードの推測以外の理由を思いつけない。

妻にそのような目で見られていたのかと思うと自分が情けなく、叔母を恨んだ。

「叔母上は余計なことを」

すると近侍にじっと見られる。

ジルフォードがそのような目をするのは、主君に注意を与える時だ。

「誤解の原因は殿下にもおありになるのでは？　離宮に閉じ込め寝所に呼ばず、妃殿下はその理由をお考えになられたのでしょう」

「閉じ込めたつもりはないが……俺のせいなのか」

離宮暮らしをさせたのは、パトリシアと深い仲になるのを防ぐためだ。

将来を誓い合ったクララへの罪悪感が消えない。

立場上、妃を娶らなければならなかったが、決して愛さないと決めている。

興味のない妻と交流するのはわずらわしくもあり、しかし今は心境の変化を感じていた。

（パトリシアと話したい。おかしな誤解をされたままなのもご免だ。離宮から出してこの邸宅に住まわせるか？）

妻をそばに置きたくなったが、クララの顔が浮かんで決断できない。

『約束したのに。私に似ているから好きになってもいいと思っているの？』と責められている心地がした。

するとアドルディオンの迷いを読んだかのように、近侍が口実を与える。

「そろそろこちらに妃殿下のお部屋をご用意されてはいかがでしょう。このまま離れてお住まいでは、ご夫婦仲が悪いと噂が立つかもしれません」

「それは困るな。対外的にはうまくいっていると思わせなければならない。わかった。今後はそうしよう」

「仕方ない」とつけ足したが、鼓動は正直に高まっている。

これでパトリシアの顔を毎日見られるはずだ。

横に立っているジルフォードはホッとしたような笑みを浮かべていた。

『妃殿下に惹かれているのを素直にお認めになればいいのに』

そのように思われている気がして恥ずかしくなり、「呼ぶまで下がっていろ」と退けた。

＊　＊　＊

外はしとしとと雨が降っている。

今日のパトリシアは、とある伯爵家でのガーデンパーティーに呼ばれていたのだが、悪天候で中止となったため午後のスケジュールが空いた。

昼食後は久しぶりに私室でエイミとゆっくり過ごしている。

ライムグリーンと白を基調とした私室は、ここに来た最初から女性らしいインテリアが揃えられていた。

小鳥が刺繍されたソファに座るパトリシアは、読んでいた本にしおりを挟むと窓を見た。

庭木の梢が雨に打たれて揺れている。

(緑にとっても私にとっても恵みの雨ね)

王家を支持してもらうためには他貴族との交流は欠かせない。

それを理解しているので、なるべく催しの招待を受けようと思うのだが、淑女を演じるのは楽ではない。

(強い降りではないしお母さんのお見舞いに行きたいけど、どうしよう。夕方にした方がいいかな)

外出の予定をすぐに決められないのは、アドルディオンが離宮に来るかもしれないと思うからだ。

(私がいないと殿下が離宮で休憩できないから……あれ？　そんなことはないかも)

招き入れた夫を応接室に通し、飲んでくれないお茶を形ばかりに出して、後はジルフォードを呼べばいい。

エイミにそれをお願いすれば、自分はいなくてもいいのではないだろうか。

二日前に彼が来た時は挨拶のみで、五分ほどで退室した。それなら最初から近侍とふたりきりにしてあげるのとあまり変わらないだろう。

「ねぇ、エイミ」

向かいのソファに座っているエイミは手帳を開いて、なにかを熱心に書き込んでいる。

離宮に来てからのエイミの趣味は情報収集だ。

パトリシアのためになればと思い始めたそうだが、いつの間にか王城内での熱愛や不和、スキャンダルに夢中でゴシップを集めるようになっていた。

「これからお見舞いに行くわ。もし殿下がいらしたら、私は買い物に出かけたと言ってほしいの。でもお帰りいただかなくていいわ。いつものようにお通ししてジルフォードさんを呼んでくれる？」

手帳を閉じたエイミが目を瞬かせた。

「王太子殿下に少しもお会いにならないのですか？」

「うん。その方が殿下もジルフォードさんも嬉しいはずよ」

ふたりが恋仲であるという秘密をエイミにだけこっそりと話してある。

彼らふたりきりの時間を作るのに、協力してもらわないといけないからだ。

しかしいつもジルフォードを呼びにいってくれるものの、エイミは信じていない様子。

「どう考えても違うと思うんです」

「くっつくくらいに顔を寄せて話していたのよ？」

「聞かれたくない政治の話なら、仕方ないと思います」

「エイミが調べてきた噂だってあるじゃない」

男性ふたりの密会現場を目撃したメイドが高額の口止め料をもらったという噂だ。

するとエイミが手帳を開いて、読み上げるように説明する。

「従僕同士の熱愛と判明。実際の口止め料は高額ではなく、誇張されて噂が広まった。これが私の調査結果です」

「殿下とジルフォードさんではなかったの。でも……」

「パトリシア様は本に影響されすぎです。大体あの本は作り話ですからね？」

「そうなの⁉」

実話だと思い込んでいたため驚いたら、ドアがノックされた。

対応に出たエイミがメイドからの知らせを伝える。

「王太子殿下がお見えになられたそうです」

「えっ、まだ十三時半よ？」

何時に来るとは決まっていないが、今までで一番早い訪問時間である。

「いつもより早いですね。でもよかったです。お見舞い時間と重ならなくて。お茶の席にお通ししておきながら、パトリシア様がお会いにならないのはどうかと思います」

（私が会いたくないわけじゃないわ。殿下の方が、私の出迎えが必要だとは思っていないでしょう。それにしてもどうしてこの時間に？　殿下も外での公務が雨でキャンセルになったのかしら）

待たせては申し訳ないので急いで私室を出て螺旋階段を駆け下りる。

玄関ホールに着くと、雨よけの黒いマントを着たままのアドルディオンが待っていた。

「雨の中、お越しくださいましてありがとうございます。ただいまお茶の席をご用意いたします」

パトリシアが指示をしに行こうとしたら呼び止められた。

「今は休憩時間ではないからすぐに戻る。パトリシアに直接伝えたいことがあって来ただけだ」

「は、はい、どのようなお話でしょう？」

アドルディオンと二歩の距離を置いて向かい合い、端整な顔を見ながら待つ。

心なしか彼の頬は赤く、言いにくい話をしようとしているかのように黙っていた。

数秒してから真顔で切りだす。

「君の私室を大邸宅に用意した。離宮は閉鎖するゆえ、今日から部屋を移ってくれ」

「えっ」

突然の指示に目を丸くしたが、さらに驚きの言葉が続く。

「君と俺、それぞれの私室の間に夫婦の寝室を設けた。今夜からベッドは同じだ」

(一緒に寝るというの⁉)

声も出せないほどの仰天命令に、冗談ではないかと夫の顔をまじまじと見てしまう。

その視線を避けるように横を向いた彼が、問うより先に理由を付け足す。

「夫婦仲が悪いのではと疑う声があるそうだ。仕方あるまい」

「そ、そうだったんですか」

前に叔母から『こんな離宮に押し込めて、お可哀想に』と同情されたのを思い出していた。

人の多い大邸宅より離宮の方が気楽に暮らせるとパトリシア自身が喜んでいても、周囲からは憐れまれるようだ。

事情はわかったが、同じベッドに入るのを想像しただけで緊張や恥ずかしさが押し寄せてくる。

(どうしよう。断ることはできないわよね?)

国王が長患いをしている中、王家は安泰だと国民に示すための結婚だ。夫婦円満を演じなければ意味がない。

妃にしてもらえたことでグラジミール卿との結婚を免れ、母の入院費の心配もなくなり、恵まれた住環境を与えてもらってアドルディオンには感謝している。

そのくらいの協力はしないとと思っても、動揺を隠せなかった。

眉尻を下げて目を泳がせていたら、チラリとこちらを見た彼に小さなため息をつかれた。

（本当は、殿下はお嫌なんだ。そうよね、恋人がいるのに私と寝室を同じにしたくないわよね。きっとジルフォードさんも傷ついているはず）

ふたりの恋を応援するつもりがお邪魔虫になってしまい、肩を落とす。

すると夫が背を向けて足を進めた。政務に忙しく長居はできないのだろう。

心なしかその背に哀愁を感じる。

控えていた従僕が玄関ドアを開けると、雨音が大きく聞こえた。

人を遣わすのではなく自ら伝えにきたのはどうしてだろうとふと思ったが、多忙な彼に問いかけられなかった。

「必要なものは揃えてあるが、どうしても持っていきたい物だけ昼間のうちに運んでくれ。大きな荷運びは後日、晴れてからでいい」

早い時間に知らせに来たのは、こちらの準備を気にしてのことだったようだ。

振り返らずに低い声で言ったアドルディオンが、足早に雨の中へ出ていった。


雨は夕方に上がり、カーテンを引いた窓の外には月が輝いている。

ここは大邸宅の四階、東棟の奥まった場所で、パトリシアは新たに設けられた王太子妃の私室で過ごしている。

豪華なソファセットに鏡台、キャビネットなどは離宮で使用していたものと似たデザインで、部屋の色調も同じにしてあった。

その配慮があっても落ち着かず、ソファに座ったり立ったりしてソワソワしている。

柱時計は二十二時を示していた。

「パトリシア様、そろそろ寝支度をして寝室に行きましょう」

エイミがキャビネットから寝間着を出しながら言った。

侍女の部屋も同じ棟に用意されていて、下がって休んでほしいと何度か言っているのに首を横に振られた。

「着替えは自分でできるわ。引っ越しで疲れたでしょう。エイミはもう休んで」

「私はパトリシア様の侍女です。主人が初夜を迎えるというのに、手伝わないでどうするんですか。やらせてください」

昼過ぎにアドルディオンが離宮の閉鎖を言い渡しに来た時、エイミは階段の途中で聞き耳を立てていた。戸惑うパトリシアとは違い、これでやっと普通の夫婦生活が始まると喜び意気込んでいる。

寝室を同じにしなければならない事情も聞いていたはずなのに、夫にその気はないといくら言ってもエイミには伝わらなかった。

（ただ同じ部屋で寝るだけで、触れ合うことはないわ）

そう信じていても初夜という言葉に反射的に頬が染まる。

リボンやフリルが多めのシルクの白いネグリジェは真新しいもので、体の線がはっきりわかってしまうのが気になった。

「この寝間着じゃないとダメ？　今まで着ていた綿のものの方が楽なんだけど……」

「ダメです。今夜だけは一番上等なお召しものにしてください。髪も整えますよ」

鏡台の前に引っ張っていかれ、有無を言わさず座らされた。

髪を梳かしてサイドを編み込んでいるエイミに、パトリシアは眉尻を下げる。

「寝るだけよ？　わざわざ編まなくてもいいと思うわ」

「なにを仰っているんですか。初夜は気合を入れて身支度するものです。アクセサリーはつけられないので、髪形は工夫しないと。香水もつけましょう」

上流階級の初夜の作法は、嫁ぐ前の淑女教育で本を読まされたので一応理解しているつもりだ。

過去には意に染まぬ結婚で夫の寝首をかこうとした妻がいたそうで、武器になりそうな貴金属を身に着けないのが習わしなのだそう。

（そうだった。今夜だけはこれを外さなければならないんだ）

パトリシアはネックレスの留め具に指をかけた。

ペンダントトップは故郷の海の色に似た石で、子供の頃からいつもつけている。

これを外したのは豪華なネックレスをつけなければならなかった舞踏会と結婚式、それと今だけだ。

慣れ親しんだ感触が胸元から消えると、さらに落ち着かない気持ちにさせられた。

柱時計が時を刻む音だけが響く。

豪華に整えられた寝室に入ってから三十分ほどが経過し、まもなく二十三時になろうとしていた。

パトリシアはその間ずっと、天蓋付きのベッドの傍《かたわ》らに立ち尽くしている。

広々とした真新しいベッドはオイルランプに照らされてやけになまめかしく見え、腰かけることもできない。

（落ち着かないと）

深呼吸をするのは五度目である。

湯あみしたのは三時間も前なのに肌が火照《ほて》り、まだ無垢な自分の体を意識してしまう。

光沢を放つネグリジェに振りかけられた香水が甘く鼻腔をくすぐり、〝ともに寝る〟という行為を必要以上に意識させられた。

寝室には廊下に繋がるドアの他に、それぞれの私室に通じるドアがある。

ドアの隙間に光が見えるので、アドルディオンは私室にいるのだろう。

落ち着くどころか鼓動は高鳴る一方だ。

ネックレスのない寂しいネグリジェの胸元を握りしめる。

(大丈夫。今夜から同じ部屋で寝るというだけであって、体を重ねるわけじゃない。緊張しなくてもいいのよ)

夜伽は不要というのが結婚前の約束で、加えてアドルディオンには恋人がいる。

手を出されるはずがないと信じていても、男性と寝室をともにすること自体が初体験なので恥ずかしくてたまらなかった。

柱時計の振り子の音よりはるかに速い自分の鼓動が耳につく。

(このドキドキ、どうやったら静まるの？)

六度目の深呼吸をしようと大きく息を吸ったら隣室に繋がるドアがノックもなく開けられ、肩をびくつかせて振り向いた。

チラッとこちらを一瞥したアドルディオンが無言で入ってきてドアを閉めた。

彼も薄いシルク生地の寝間着姿で、筋肉の逞しさが否応なしに伝わる。

涼しげな印象の美貌に、銀に水色の水滴を垂らしたような髪。珍しいとまで言えない色味なのだそうだが、パトリシアが知っている限り彼と王妃しかいない。

最近では見慣れたと思っていたその髪にも新鮮な美しさを感じてしまう。

これまでの彼とはなにか違って見え、動悸がさらに加速した。

深呼吸しようと吸った息をどうしていいのか一瞬わからなくなり、むせてしまったら、冷たい印象の声をかけられる。

「風邪を引いたのか？」

そういう声質なだけで人柄が冷たいわけではないと徐々にわかってきたところなので、怖いとは思わない。

ただ、寝室で見る彼の艶やかな寝間着姿には激しく動揺していた。

（男性に対して色っぽいと感じるのはおかしい？　あまり殿下の方を見ないようにしよう。平常心を取り戻さないと普通に話せない）

「いいえ、むせてしまっただけです。失礼しました」

蔦柄の壁に視線を留めながら答えると、「そうか」と淡白に返されて間が空いた。

（なにを話せばいいのか、いつも以上にわからないわ）

静寂に包まれる中、夫がベッドに腰かけたのでパトリシアは見下ろす格好になる。

（私も座るべき？　ベッドのどの辺りに？）

どうにもおさまらない動悸に耐えながらやっとの思いで目を合わせたというのに、スッと逸らされてしまった。

形のいい彼の唇は両端が下がり、不機嫌そうに見える。

それに気づいた途端、あれほどうるさかった鼓動が静かになっていく。

（そうよね。私に関心がないのに同じ部屋で寝なければならないのだから、嫌に決まっている。ジルフォードさんに申し訳ないと思っているんじゃないかしら。でも目も合わせてくれないほどなんて……）

嫌われているのかと思ったら、胸に悲しみが湧く。

形だけの妻だと承知の上の結婚で、愛されたいと少しも思っていないはずなのに、なぜ傷つくのか自分でもわからない。

（同じベッドは使わない方がいいみたい。こんなに嫌がられているのに隣で寝るのは私も悲しい）

「殿下の睡眠のお邪魔をしないよう、私はそちらのソファを使わせていただきます」

ドアに近い側に豪華なソファセットがあり、パトリシアの背丈なら足を伸ばせるので楽に寝られそうだ。

気を利かせたつもりでソファの方に爪先を向けたら、アドルディオンに手首を掴まれて鼓動が跳ねた。

眉間に皺を刻んだ彼が、射るような視線を向けてくる。

「俺は女性をソファで休ませるような男ではない。ともに寝るのが嫌だというのなら、俺がソファを使う」

「えっ？」

（嫌だと思っているのは殿下の方でしょう？）

思いがけず気遣われて驚くと同時に、恐れ多いとすぐさま遠慮した。

「殿下にそのようなことをさせられません」

「そう思うのなら、ふたりでこのベッドを使おう。君が構わないのであれば」

パトリシアの手首を掴む手に力が込められた。

一緒に寝ようと積極的に誘われているような気がして頬が熱くなる。

不機嫌そうに見えたのは気のせいだったのかと思い直し、嫌われていなかったことにホッとしてほんの少し微笑んだ。

「私は少しも嫌ではありません。殿下がお嫌なのではないかと思ったのです。目を合わせていただけなかったので……」

「そうか。勘違いさせてすまない。このような場合、どういう顔をすべきなのかと考えていただけだ」

（えっ、もしかして）

自分と同じように彼も気恥ずかしく思っていたのだろうかと目を瞬かせる。

いつも堂々として気高い王太子の彼が、恥じらうような性格には思えなかったが。

説明されても心情を読みきれずにいるパトリシアに、アドルディオンがわずかに口角を上げた。

サイドテーブルに置かれたオイルランプの火を弱めてベッドの奥側に仰向けに寝そべり、目を逸らさずに妻を誘う。

「寝よう」

声に温度があるとするなら初対面での彼の声は冬のようだったが、今は湯浴みした時のような温かさを感じる。

「は、はい」

暗くなった部屋の中で、一度おさまったパトリシアの動悸がまた始まる。

毛布をそっとめくり、体が触れないよう拳五つぶんほどの距離をとって横になった。

すると静かな中にアドルディオンの吐息が聞こえて、さらに鼓動が高まる。

(意識したらダメ。寝ることだけを考えよう)

目を閉じたら余計に隣が気になって、静かな彼の息遣いに聞き耳を立ててしまう。

高鳴る鼓動が苦しくて、たまらず背を向けたら、気落ちしたような低い声をかけられた。

「俺が嫌いか？」

パッと目を開け、誤解させたことを慌てて謝る。

「申し訳ございません。そのような気持ちではないです。緊張と恥ずかしさでどうしていいのかわからなくて――あ、あの、勘違いはしていません。殿下が私に興味がないのはわかっております」

触れ合いを期待していると思われないよう付け足した言葉に、不満げな声を返される。

「それは違う。興味のない女と寝るほど暇ではない」

（どういう意味？　寝室を一緒にしたのは〝仕方なく〟なのよね？）

夫婦仲が悪いのかとの周囲の心配を払拭するためではなかったのか。

まるで妻に関心があるかのような言い方にパトリシアは困惑した。

「あの」

真意が知りたくて寝返りを打つと、オイルランプの弱い光の中、アドルディオンがこちらをじっと見ていた。

手を伸ばせば簡単に触れられる距離に美々しい顔があり、心臓が大きく波打つ。

（ど、どうしよう。ドキドキしすぎて頭が真っ白になりそう。黙っていたらおかしいわよね。なにか言わないと……）

きっと気づかれたくないだろうと思い、これまでは彼と近侍の恋愛について踏み込むことはしなかった。

しかし少しの余裕もない今は頭が回らず、配慮のない問いかけをしてしまう。

「あの、ジルフォードさんを大切に想っていらっしゃるのですよね？　私に興味があるような言い方をすれば傷つけてしまうかと……」

今頃、苦しんでいるに違いない近侍に同情して意見すると、彼の眉間に深い皺が刻まれた。

「ジルフォードの言った通りだったか。おかしな本に影響されるな。叔母上にも注意しておく」

どうやら夫は叔母から本を譲られたと知っているようだ。

パトリシアが本の主人公とジルフォードを重ねて見ていたことにも気づいているらしい。

過激な内容の本を読んだのがバレていて、共寝《ともね》に勝る羞恥に襲われた。

火を噴きそうなほど顔は熱く、いたたまれなくなったパトリシアは両手で隠した。

「私の勘違い、ですか……？」

「当たり前だろ。ジルフォードは欠かせない存在だが、仕事上だ。俺は男を恋愛対象にしない。

それはジルフォードも同じだ」

『だから言いましたのに』というエイミの声が聞こえそうな気がした。

「それじゃあ私は……。離宮に休憩をしにいらした時のこと、申し訳ございません……」

勘違いで余計な気を回したのを小声で詫びる。

パトリシアが本に影響されていたと知らないうちは、随分と困惑させたことだろう。

「まったくだ。君に嫌われたのかと思うと、仕事が手に着かなかった」

「申し訳――えっ？」

顔を覆っていた両手を外してアドルディオンを見る。

（私に好かれたいってこと？）

一瞬、そんな解釈をしてしまい動悸を加速させたが、涼やかな目を見てすぐに思い直す。

（誰だって嫌われて平気な人はいないわ。私は一応、妻だし、夫婦円満を演じるためにも嫌われると困る……そういう意味よね？）

考え中の妻の心を読もうとするかのように、瞬きもせずに彼が見つめてくる。

恋愛感情はないとわかっていても恥ずかしく、目の下まで薄い毛布を引き上げた。

「あの、演技力はないのですが、仲のいい夫婦だと思われるよう精一杯努力します」

「演技、か」

不満げに復唱されたが、すぐに「そうだな」と彼が口角を上げた。

「ならば俺に慣れてもらおうか」

「あっ！」

引き寄せられて首の下に腕を差し入れられた。

目の前には上下する喉仏があり、腕や胸の逞しさを薄布《うすふ》越しに感じる。

呼吸を忘れて目を丸くしていると、フッと笑ったような声が額にかかった。

「驚いても息は止めるな。窒息するぞ」

「は、はい。あの、あの……」

「純朴だな。君には都会よりも海や緑が似合う気がする」

「田舎者ですみません」

「純朴は褒め言葉だ。そのままの君でいてほしい。汚す気はないから今夜は安心して眠れ」

手を出さないと再び約束してもらいホッとしたが、同時に寂しさも感じた。

夫婦なのに愛されていないのが悲しい。

(前はそんなこと考えもしなかったのに、どうして?)

母の入院治療費さえ保証されれば一生、愛のない妻でいいと決めていた。

出自を偽っているにわか貴族なので、王太子の彼に愛される資格もない。

しかし密着する体から伝わる温度に、もし愛がこもっていたなら、心まで温かくなったのではないかと残念に思うのだ。


時刻は九時になったばかりだというのに、夏空から強い日差しが降り注いでいる。

式典用の上品な青いドレスに身を包み、同色の帽子を手に持ったパトリシアは、支度を手伝ってくれたエイミと一緒に私室を出た。

今日は忙しい。午前はアドルディオンとともに大型船の進水式に出席し、午後は二件、謁見しなければならない。

(今日はお母さんの病院に行けない)

残念な気持ちとは裏腹に浮足立つ心地もする。夫婦揃っての公務だからだ。

離宮から大邸宅に住まいを移して今日で十日になる。

時間が合う時には食事や休憩時間を同席し、毎晩ベッドをともにしていた。

顔を合わせる機会が格段に増えると、心の距離も近づいたように感じる。

料理好きなパトリシアのために専用の調理場も設けてくれて、いつでも好きな時に料理ができるのが嬉しい。

もっと喜んだのは、アドルディオンが休憩時間に手料理を食べてくれることだ。

妻を信用しているからと毒見係は呼ばず、焼き菓子やサンドイッチを口にして『美味しい』と言ってくれる。

今はともに過ごす時間が楽しみで、苦手な公務であっても夫と一緒なら心が弾んだ。

けれどもひとつだけ、困りごとがあり――。

「パトリシア、支度はすんでいるか?」

私室から出てきたアドルディオンに廊下で声をかけられた。

たくさんの勲章を下げた軍服風の白い上着に黒いズボンを穿《は》き、金のサーベルを腰に携《たずさ》えた彼は眩《まばゆ》いばかりに輝いて見える。

(童話にも、こんなに麗しい王子様は出てこないわ)

凛々しさ、頼もしさも立ち姿から伝わってきて、頬が勝手に熱くなり言葉が出ない。

すると近づいてきて半歩の距離で立ち止まった彼に顎をすくわれ、顔を覗き込まれた。

「どうした？」

無言の妻の心情を読みたかったようだが、周囲に人の目がある。

エイミとジルフォードがそばにいるし、掃除やリネン交換をしているメイドがあちこちの部屋を出入りしていた。

メイドたちは五人ほどが近くにいて、見ていないふりをしながらこちらの様子を窺《うかが》っており、困りごととはこれであった。

『今朝の妃殿下は寝不足のご様子だったわ。きっと昨夜はご寵愛《ちょうあい》をたっぷり賜《たまわ》ったのよ。よだれが出ちゃう』

『仲がよろしくていらっしゃるのね。お世継ぎを身籠《みご》もられるのはいつかしら。お菓子を賭けて当ててみましょうよ』

面白がるメイドたちのヒソヒソ話が聞こえた時には、穴があったら入りたい心境にさせられた。夫婦円満をうまく演じられているのはいいけれど、それ以来、使用人の目を気にしてしまうのだ。

顎先にかかる長い指に鼓動を高まらせつつ、慌てて言いつくろう。

「ぼんやりしてすみません。殿下のお召し物を拝見して、着替えようか考えていたんです。お色を合わせた方がいいかと思いまして」

「合わせるとすると、白か黒のドレスになるが」

結婚式や葬儀ではないのだから不適切だと言いたげだ。

「そ、そうでした。申し訳ございません」

（おかしな言い訳をしてしまった）

眉尻を下げたパトリシアが笑ってごまかそうとしたら、アドルディオンが後ろの近侍に振り向いた。

「青いズボンを用意してくれ。着替える」

自分が妻に合わせようというのだろう。その気遣いにパトリシアは驚き慌てた。

「お待ちください。殿下が合わせる必要はございません。気まぐれにおかしなことを申し上げてしまいました。どうかお聞き流しください」

煩わしい思いをさせたと謝ったが、目を細めた彼の手が頭にのせられた。

「俺が着替えたいと思ったんだ。夫婦で色を揃えた方が皆も喜ぶだろう。よい意見をありがとう」

（式典の出席者に夫婦円満をアピールできる、ということ？）

メリットを考えて青いズボンに穿き替えると言ったようだが、一番の理由は妻を喜ばせたかったからではないかとアドルディオンの心情を深読みした。

（だって、殿下は私に優しいから）

部屋を移ってからというもの、ジュエリーやバッグ、花や本などを毎日のようにプレゼントしてくれる。ふたりきりの時間には『君の話が聞きたい』と言って、ただの日常生活の報告でも興味を持って耳を傾けてくれた。

嬉しくなって、つい母の見舞いに行った話をしそうになり焦ったこともあった。

形だけの妻なのでアドルディオンと心を通わせる日はこないと思っていたのに、彼を身近な存在に感じ始めていた。

支度を終えた王太子夫妻は、侍女と近侍、複数の使用人たちに見送られて馬車に乗って出発する。

広い王都を南西へと四十分ほど移動して国内一の大きな港に到着した。

パトリシアがここに来るのは初めてだ。

馬車から降りると潮の香りがし、故郷の海を思い出す。

小さな村にも商船が停泊できる港があって立派だと思っていたが、王都はその何十倍もの規模だ。

整備された波止場に多くの船が並び、積み荷を保管するレンガ造りの倉庫が二十棟以上ある。

国軍の管理棟に、巨大な灯台もそびえていた。

（こんなに大きい港があるなんて）

感嘆の息をつくと、アドルディオンに手を差し出された。

鼓動を高まらせて重ねた手を腕にかけられる。

生まれながらの貴族はエスコートに慣れていると思うが、腕を組んで歩くことにパトリシアはまだ緊張する。

（これは王太子妃の仕事よ。ドキドキするのはおかしいわ。殿下を見習って私も堂々としないと）

背筋を伸ばし、整列する兵士の間を進む。

進水式を迎える大型船は船首をこちらに向けて船台にのせられていた。

海面まで緩やかな傾斜がついた船台には船をすべらすためのレールがついている。

黒に水色のラインが映える船体は夏の日差しを浴びて輝き、蒸気船のシンボルである大きな煙突が突き出していた。

船名が書かれた部分は布で隠され、デッキは色とりどりのリボンや旗で華やかに飾られている。

交易船だというこの船は、有事の際の軍事転用も考えて設計されているらしい。

それは昨夜ベッドの中でアドルディオンが聞かせてくれた話で、有事とは戦争のことだ。

この先も平和な世が続くはずだと根拠もなく思っていたため驚き不安になったが、彼は妻の髪を撫でてすぐに安心させてくれた。

『万が一の話だ。戦争にだけはならないよう外交に注力し、他国と友好関係を築いている。国内の貴族をまとめる方が難しいかもな』

政治とひと言で言っても課題は複雑で多岐にわたる。

頂点に立って指揮するアドルディオンの苦労を想像し、頼もしくも感じていた。

進水式が始まる。

船の前には赤絨毯が敷かれ、演台が設けられていた。

壇上の王太子の挨拶を聞くのは、整列した兵士が二百人ほどと、貴族や社会的地位の高い招待客たち百人ほどである。

パトリシアは演台から数メートル離れた場所に立っており、係の者に日傘を差しかけられて断った。

日焼けをしても、鍔《つば》が小さめのこの帽子だけでいい。

港には遠巻きに一般市民、百人ほどの姿もあり、近寄れなくても真新しい船と王族が見たくて集まったようだ。

子供が騒いで兵士に注意されている様子がチラリと見えた。

（みんなが殿下を見ている。殿下は街の人に慕われているのね。私も一応、王族になったのだから、日傘に隠れず顔を出そう。ご挨拶の意味で）

アドルディオンの挨拶が終わるとファンファーレが鳴り響き、布が外されて船名があらわにされた。

平和を意味するラテン語だという船名をつけたのは彼である。

拍手が湧く中で、船乗りたちが忙しく進水作業を始めた。

空に突き出した煙突から煙が立ち上ると、やっとパトリシアの出番だ。

船はロープで繋がれており、それを銀の斧で断ち切るのだが、女性がその役を担う慣例があるのだそう。

（えいっ）

ロープはつるされた酒瓶にも繋がっていて、振り子のように落ちてきたシャンパンが船首に当たって割れた。

この船の長きにわたる航海の無事を祈る儀式だ。

船は迫力のある音を立てて船尾から海へとすべり出し、入水すると水飛沫《みずしぶき》が上がり歓声が沸く。大きな汽笛が港に鳴り響き、巨大な船体がゆっくりと港を離れていった。

紙吹雪が舞い、管楽器や打楽器の演奏と拍手で見送られる船はどこか誇らしげに見えた。

明るいセレモニーは楽しくて、船に向けて夢中で手を振っていると、隣に来たアドルディオンに肩を抱かれた。

たちまち鼓動を高まらせるパトリシアとは違い、彼は平然としている。

（この腕は、夫婦円満を周囲にアピールするため、よね？）

わかっていても照れくさく、勝手に頬が色づいた。

船は小さく遠ざかり、これで閉幕である。

「海を見ると開放的な気分になれる」

心地よさそうに潮風を受けるアドルディオンの言葉に頷いた。

久しぶりの海はパトリシアも嬉しいが、王都の海には透き通るような青さがない。

(殿下に村の海を見せたい。きっと感動するわ)

夫婦で故郷の海を眺められたらどんなに素敵だろうと思ったが、願いが叶う日は来ないと知っている。

護衛に囲まれて馬車まで歩いて引き返す。その途中、大勢の市民たちの歓声が聞こえた。

「王太子妃殿下ー！」

「パトリシア様、お顔を見せてください！」

王太子よりもパトリシアにかけられる声が多く、驚いて足を止めた。

「人気者だな」とアドルディオンがクスリとする。

公務では努力しているつもりだが、民の支持を得られるような特別なことはしていない。

王家に嫁いでまだ三か月ほどなので、新鮮で珍しく思われるのだろう。

戸惑ったけれど喜んでもらえるならと思い、アドルディオンに願い出る。

「もう少し、皆さんに近づきたいです。顔を覚えていただけるように」

「いいだろう」

前を歩いていた護衛兵を下がらせ、夫妻は人垣の方へ進む。

七メートルほどの距離を置いて立ち止まり手を振ると、百人ほどがワッと歓声をあげた。

（ひとりひとりと話してみたいけれど、護衛兵を心配させてしまうから無理よね）

今立っている位置なら安全が確保できると思っていたのだが――。

突然、民衆の中からなにかが勢いよく飛んできた。

避けようとする前にアドルディオンの片腕に守られ、密着する体に息をのむ。

同時に彼は腰のサーベルを引き抜いて、飛んできた物を剣先で突き刺した。

「これは……」

靴底が破れたぼろぼろの子供靴だ。

たちまち辺りは騒然として、逃げようとしていた少年を護衛兵が捕らえた。

「離せっ」

「王族に靴を投げつけるとは無礼千万。子供だからといって許されないぞ。牢獄行きだ」

人垣から引っぱり出された少年は十歳くらいで、粗末な身なりをしていた。可愛らしい丸い目をつり上げ、こちらを憎々しげに睨んでくる。

「王族なんて大嫌いだ。父ちゃんが死んじゃってから、俺も妹も母ちゃんも食べ物がなくて困っているのに助けてくれないじゃないか。新しい船を造るお金があるなら、食べ物を分けてくれたらいいのに！」

「黙らんか。不敬罪も適用するぞ」

片足が裸足の少年は喚きながら両脇を兵士に抱えられ、引きずられるようにして軍の管理棟へ連れていかれようとしていた。

(牢に入れるの？　ダメよ、そんなの！)

靴を投げつけたのはよくないが、それほどの怒りが溜まっていたということだ。

故郷の村に比べると王都はずっと豊かで、食べ物に困る者がいるのを知らなかった。

無知な自分を恥じ、貧しい少年に申し訳ない気持ちになる。

兵を止めようと駆け出したパトリシアの腕をアドルディオンが掴んだ。

「待て」

「お放しください。殿下はあの子をお見捨てになるおつもりですか？」

立場上、王族に敵意を向ける者を罰しなければならないのかもしれないが、パトリシアの目には非情に映る。

眉をひそめると、真顔の彼が首を横に振った。

「俺を信じろ」

そう言い残すと少年の方に駆け寄り、兵士を呼び止めた。

パトリシアも急いで後を追う。

「その子を引きずるな。丁寧に扱え」

「はっ」

驚きを顔に浮かべつつも兵士はただちに拘束を緩める。

アドルディオンは剣から抜いた靴を少年の足元に置くと、静かな声で履くように言った。

「靴に穴を開けてすまなかった。すぐに新しいものを用意させる」

「そんなことされたって、嫌いなのは変わらないぞ！」

「ああ。この程度で君の怒りは解けないだろうな。城下に飢える者がいると気づかず、すまない。至急、暮らしぶりの調査を指示する。その機会を与えてくれた君に感謝しよう」

「えっ？」

靴を投げつけたのに謝罪と感謝を示されて、少年は面食らっていた。

「食べ物をくれるってこと？」

「そうだ。君はこの後、軍の管理棟で今の生活状況を詳しく話すんだ。支援を約束する。二度と飢えさせはしない」

少年にとってまさかの結果だったようで目を丸くしている。

パトリシアも驚いたが、胸に温かな喜びが湧いて微笑んだ。

（殿下はお優しい）

一瞬でも非情だと思ってしまったのを反省した。

「あ、ありがとうございます」

少年がホッとしたような顔をしてひざまずき、頭を下げた。

「靴を投げてごめんなさい」

「一度目は不問にする。しかし二度目は俺の意向だけで許してやれないだろう。今後、困りごとがあれば投げる前に相談してくれ。相談窓口も周知しなければならないな」

少年が素直に頷いた後には、セレモニー中よりも大きな拍手と歓声が沸いた。

「王太子殿下、万歳！」

風に乗って会話が届いていたのだろう。

アドルディオンの温情に感激した様子の市民たちが興奮している。

騒動になってはいけないと数十人の兵士がただちに動き出し、解散させようとしていた。

夫妻は安全のために馬車へと急かされる。

走り出した馬車内で隣を見ると、アドルディオンはなにごともなかったかのようなすまし顔をしていた。

美麗で涼やかな目や銀色の髪は気高くも冷たい印象を与えるが、その心はとても温かい。

夫への信頼と尊敬がしっかり心に根を張り、鼓動が高鳴った。

そのリズムは今までよりも甘く、しめつけられるような切なさもあり、彼に惹かれているのに気づく。

「すごく嬉しかったです」

こちらに真顔を向けたアドルディオンに、頬を染めて気持ちを打ち明ける。

「あの子を救ってくださってありがとうございます。民に寄り添う殿下のお優しさに胸を打たれました。私は、殿下を――」

大きく膨らんだときめきが、自然と口をついて出ようとしている。

「おし――」

『お慕いしています』と言いたかったのだが、唇に人差し指をあてられ妨《さまた》げられた。

彼は明らかに困り顔で不愉快そうにも見え、目線も逸らされてしまう。

「城に着くまで眠る。君も休むといい」

「は、はい」

腕組みをして目を閉じたアドルディオンから拒絶を感じた。

(嫌なんだ。私に好意を示されるのは。そうよね……)

舞い上がってしまったのを反省し、芽生えたばかりの恋心にそっと蓋をした。

(形だけの妻に慕われても煩わしいだけ。最初からわかっていたことよ)

今さらなにを傷つく必要があるのかと思うのに、寂しさがこんこんと湧き出るようだった。

帰路は無言で気まずい時間を過ごし、城に着けば政務に忙しい夫とは別行動である。

「パトリシア様、お帰りなさいませ。お疲れ様でした。昼食の準備が整っております」

時刻は間もなく正午になるところで、玄関ホールで出迎えてくれたエイミに帽子を預けて微笑んだ。

暗い顔をしていては心配させてしまうと思い、努めて明るく振る舞う。

「ありがとう。外出するとお腹が空くわね。メニューはなにかしら？」

「ええと……先ほどコックから聞いたのに忘れてしまいました。大変申し訳ございません」

ふたりで話す時には硬い敬語は使わないでほしいと、伯爵家で暮らしていた時から伝えてある。

エイミを姉妹か親友のような特別な存在だと思っているからだ。

それなのに頭まで下げて謝罪され、パトリシアは面食らう。

「謝るようなことではないわ。どうしたの？」

顔を上げたエイミが目を泳がせた。いつもの元気さはなく、心なしか顔色が悪い。

「体調が優れないの？」

「いいえ、具合が悪いというほどではないので――」

「ダメよ。少しであっても体調不良を感じたら休まないと」

夏バテだろうか、それとも侍女の仕事がきつかったのかと心配する。

最近、パトリシアの公務や謁見は増えていて、下調べや衣装の準備、身支度を整えてくれる侍女の仕事量もそれに比例するからだ。

出自の秘密がバレないよう近しい者はエイミだけにしていたが、負担をかけすぎたと反省した。

気を抜ける時間が減ったとしても、侍女を増やさねばならないのかもしれない。

それを話すとエイミが弱々しく首を横に振った。

「大丈夫です。仕事は楽しいですし、パトリシア様がそのようなお気を使う必要はありません。少し休んだら元気になりますから」

「でも」

「本当です」

玄関ホールで押し問答を続けては、それこそ休まらない。

「とにかく今はお部屋に戻りましょう」

遠慮するエイミの腕を引いて侍女部屋まで送り、半ば強引にベッドに横にならせた。

額に手をあてると熱はないようで少しホッとした。

「今、付き添いのメイドとお医者様を呼んでくるわ」

本当は自分がつきっきりで看病したい気持ちだが、残念ながら午後も仕事がある。

ベッドサイドのテーブルに水を注いだコップを置き、急いで部屋を出ようとすると呼び止められた。

「パトリシア様、あの！」

切羽詰まったような声にドアノブを掴んだまま振り向いたが、エイミは続きを言わない。

「エイミ？」

「い、いえ、なんでもございません……」

眉尻を下げたエイミは唇を震わせ、怯えているようにも見えた。

（相当、具合が悪かったのね。そういえば）

一昨日から口数が少なかったように思う。話しかければ笑顔で応えてくれるので体調不良とまでは思わなかった。

気づいてあげられなかったことが悔やまれる。

「お薬を飲めばきっとよくなるわ。待っていて」

廊下に出たパトリシアは、はしたないと思われようとも城医を呼びに走った。

診察の結果は特に異常はなく、疲労が溜まったのだろうと言われて胸を撫で下ろした。

今日と明日は仕事をせずに休むようエイミに伝え、そばを離れる。

時間がないので昼食はパンを半分食べて終わらせ、急いで私室に戻るとスケジュールを確認する。

（午後は謁見予定が二件。十四時からの一件目はエロイーズ嬢……なのよね）

最初は他の貴族との謁見が入っていたのだが、昨日突然、体調が思わしくないとの理由でキャンセルの連絡があった。

そのすぐ後にハイゼン公爵家から謁見の申し込みが来たのだ。

王太子妃はエロイーズで決まりだと噂されていた中での逆転劇であったため、会うのが気まずい。

正直に言うと断りたかったが、上級貴族との交流も妃の務めだと思い自分を戒めた。

（エロイーズさんはどうして謁見を申し込んだのだろう。舞踏会ではショックを受けていたようだけど、もう気にしていないということ？　結果的に横取りした形になって、会いにくいと感じているのは私だけ？）

彼女の胸の内を予想できず、落ち着かない。

緊張している理由は他にもある。母の見舞いで病院に行った時に、エロイーズと鉢合わせたことがあったからだ。

『どこかでお会いしなかったかしら？』

そのように問いかけられてギクリとしたが、メイド服を着ていたし、顔をはっきりと見られたわけでもないのでバレていないはずだ。

母の向かいの病室に入院となったのはやはりエロイーズの祖母で、あれ以来、注意して通っていた。幸いにもその後、病院内でハイゼン公爵家の人に会っていない。

鉢合わせから二か月以上も経っており、メイドとぶつかったことをエロイーズは覚えていないだろう。

（だから大丈夫）

いい方に考えて落ち着こうと胸に手をあてた。

化粧直しをしているとエロイーズが到着したとの知らせが入り、パトリシアは私室を出た。

二階の南棟にある応接室へ向かう。

なにぶん広いお屋敷なので、たどり着くまでに数分を要した。

濃い木目の扉の前に立って深呼吸をする。

(私に会いに来てくださったんだもの、仲よくなろうと思っているんだわ。私も苦手意識を持たず、笑顔で話そう)

きっと楽しい時間になると信じて口角を上げ、ノックしてからドアを開けると――。

「お待たせいたし……えっ?」

前庭に面した窓のある室内には、エロイーズ以外に三人いた。

アドルディオンとハイゼン公爵、それと父であるクラム伯爵だ。

ハイゼン公爵とは結婚式で会っており、お祝いの言葉をかけてもらったが、笑顔なのに目が少しも笑っていないのが怖かった。その時、以来である。

父と会うのも同じくらい久しぶりだ。

立身出世という目的を達成したら娘に興味がなくなったのか、王城に会いにきたことはなく帰省の求めもない。

深緑と茶色を基調とした部屋で、窓を背にしたふたり掛けソファにアドルディオンが座り、四角いテーブルの角を挟んだ隣にはハイゼン公爵父娘が、その向かいのひとり掛けに父が腰かけている。

エロイーズは上品に微笑んで、公爵は愉快そうな面持ちだ。

父は伯爵家での偉そうな態度と違い、顔色を悪くしてオドオドしていた。

アドルディオンは訝《いぶか》しげな目を公爵に向けていたが、入室した妻に視線を移す。

他の三人の視線も集まり、パトリシアは心臓を大きく波打たせた。

ハイゼン公爵は娘が謁見すると聞いて同行しただけかもしれないが、父や夫までいる意味がわからない。

しかし公爵が厚めの唇をニタリとつり上げたのを見て、嫌な予感が走った。

（まさか……）

「殿下、大変お待たせいたしました。主役が登場なさいましたので、ご説明いたしましょう」

今は謁見予定の十四時ちょうどである。

しかし公爵の言葉から、アドルディオンがもっと前に呼び出されていたのがわかった。

まるで着席する資格もないとばかりに、パトリシアをドア前に立たせたままで公爵が話を進める。

「二か月ほど前に、私の母が入院しております病院に娘が見舞いに行きまして――」

エロイーズは王城メイドとぶつかったとしばらく思い込んでいたそうだが、ひと月ほど前に公務中のパトリシアを偶然見かけ、その時にハッと気づいたそうだ。

あの時のメイドはパトリシアだと。

変装してまで誰を見舞っていたのかを探ると、クレアという名の平民女性だった。

ただの平民が祖母と同じ特別室に入院しているのは不思議である。

それでさらに詳しく調べたところ、入院費がクラム伯爵から出されているとわかった。

なにかがおかしいと感じたエロイーズは父親に報告し、公爵家の力を使ってパトリシアの素性を調査したという。

アドルディオンが眉間の皺を深めたのは勝手に妻を調べられたためか、それとも妻が隠し事をしていたせいか。

（すべてバレてしまったの……？）

パトリシアとクラム伯爵は顔色を失い、公爵とエロイーズは笑みを強めた。

「私の記憶が確かなら、パトリシア嬢はクラム伯爵と夫人の間に生まれ、一昨年まで伯爵領から出ずに大事に育てられた深窓の令嬢。クラム伯爵、そうでしたな？」

「さ、さようで……」

消え入りそうな返事に公爵が嘲笑《あざわら》った。

「それならばなぜ妃殿下は、入院中の平民を『お母さん』と呼んでおられるのか。病院関係者に尋ねたところ、仲のよい母娘だと言っておりましたが」

(もう、ダメみたい……)

血の気を失ったような父の顔を見てそれを悟ったパトリシアは、両手で顔を覆った。

『王太子妃になる以上、なにがあろうともクレアの存在を知られてはならん。出自を偽っていたことが明るみになれば我が家の恥ではすまされず、王族をたばかった罪で伯爵家が取り潰されるだろう。そうなれば治療費どころではないぞ。お前も困るよな?』

舞踏会が終わって帰宅すると、父が大喜びした後にそう言って脅してきたのを思い出していた。

(殿下に離縁を言い渡された後は、私とお父様は牢獄行き。伯爵家が潰れて入院費が支払われなくなったお母さんはどうなるの? まだ治っていないのに強制退院させられたら……)

村にいた頃の母は青白い顔で起き上がることもできず、死を覚悟していた様子だった。

治療が中断すればあの頃の病状に戻ってしまうのではないかと恐れ、自分を強く責める。

(私の不注意のせいでお母さんを治してあげられなかった。なんて親不孝者なの)

目の前が真っ暗になったその時、背にしていたドアがノックもなしに勢いよく開けられ、誰かに抱きつかれた。

驚いて振り向くとエイミで、絨毯敷きの床に膝を落とし頭を下げられた。

「パトリシア様、伯爵様、大変申し訳ございません」

「どうしてエイミが謝るの?」

エイミの傍らにしゃがんで顔を上げさせると、頬が涙に濡れていた。

「私のせいなんです。公爵様にパトリシア様の素性を教えるように言われて――」

それは二日前のことで、エイミは顔見知りの従僕に『君を待っている人がいるから』と王城の一室に連れていかれたそうだ。

中にいたのはハイゼン公爵で、呼ばれた理由がわからず困惑したという。

『王太子妃殿下の侍女殿、久しぶりですな』

『えっ、あの……』

『いや、違った。オベール男爵と顔立ちが似ているゆえ、初めて会った気がしない。男爵とは長い付き合いだ』

エイミの父親であるオベール男爵は領地を持たず、製粉工場で雇われ社長をして子だくさんの家族を養っている。

その工場のオーナーがハイゼン公爵なのだそうで、エイミはこの時に初めて知った。

『父が大変お世話になっております』

かしこまって挨拶すると、公爵がニタリとした。

『妃殿下のご母堂《ぼどう》が平民ではないかという噂がある。実際はどうなのか、侍女なら当然知っているはずだ。教えたまえ』

『わ、私はなにも――』

『しらを切るなら、お前の父親を解雇する。いいんだな？』

エイミは長女で弟と妹が六人もおり、生活は苦しい。侍女の給金はほとんど実家に仕送りしていると聞いた。

父が失職すればまだ幼い弟妹が飢えると思い、パトリシアの出自を明かしてしまったという。

「私のせいで、パトリシア様をこのような目に……」

絨毯に額をすりつけるようにしてエイミがむせび泣いている。

様子がおかしかった理由はこれだった。この二日間、いつどのような形で公爵がパトリシアの秘密を公にするのかと気が気ではなかっただろう。

その心労を思うと可哀想で、胸が締めつけられた。

（直接私に言えばいいのに、どうしてエイミに）

エロイーズが気づいてからひと月ほど色々と調べていたのなら、侍女を脅すよりも前から素性はわかっていたのではないだろうか。

わざわざエイミに白状させたのは、パトリシアにすぐに負けを認めさせるためかもしれない。

（私がうまく言い逃れたら、エイミが嘘をついたことになって罰せられるから。侍女を切り捨てられないだろうと公爵は考えたのかも。エイミを巻き込んでしまって申し訳ない）

「エイミ」

震える肩にそっと指先を触れたら、エイミがビクッと体を揺らした。

「パトリシア様……」

悲痛な表情のエイミは罪悪感に耐えきれないといった様子で立ち上がると、突然テーブルの方へ向かった。

テーブルにはティーカップが四つと高脚の大きな銀製の鉢がひとつ置かれていて、夏の果実が皮をむかないまま盛られていた。食べるためではなく花と同じで装飾品である。

鉢には精緻な彫刻を施した銀のナイフが添えられており、それを掴んだエイミは切っ先を自分の喉に向けた。

目を見開いたパトリシアは慌てて駆け寄ろうとする。

「エイミ！」

「やめろ！」

立ち上がったアドルディオンの命令も、死を覚悟したエイミの耳には届いていない様子で、ナイフの柄を握る両手に力が込められた。

「死んでお詫びいたします」

テーブル越しに伸ばされたアドルディオンの片手が、エイミの腕を掴んだ。

それとほぼ同時にパトリシアがナイフの刃を握りしめて奪い取る。

エロイーズが悲鳴を上げ、公爵と伯爵は両手を顔の前に出して自らを守ろうとしていた。

自分の血が染みたナイフをパトリシアが後ろに投げ捨てると、エイミが悲痛な呻き声をあげ

て崩れ落ちそうになる。

その体を正面から抱きとめた。

「パトリシア様が……私のせいなのに……」

「エイミ、よく聞いて。あなたが言わなくてもバレていたのよ。少しもあなたのせいじゃないわ。謝らなければならないのは私の方。エイミの実家まで巻き込んでしまった。秘密を抱えるのは苦しいわよね。あなたにまでつらい思いをさせて、本当にごめんなさい」

ドアはエイミが開けたままになっていた。

騒ぎを聞きつけて従僕とメイドが数人駆けつけ、絨毯に転がったナイフや泣きじゃくる侍女を見て驚いている。

「こ、これは一体どうなされましたか？」

パトリシアはエイミをぎゅっと強く抱きしめてから離し、メイドに預けた。

「具合が悪いの。部屋に連れていって休ませてあげて。必ず誰かがそばについていること。エイミをひとりにしないで」

エイミがパトリシアに向けて手を伸ばす。一緒に逃げようというかのように。

「私はここに残るわ。やるべきことがあるから。大丈夫、心配しないで」

絶体絶命の状況であるが、エイミの涙を止めたくて気丈に微笑み送り出した。

「他の者も呼ぶまで下がっていろ」

アドルディオンの命令で使用人たちは退室し、ドアが閉められた。

五人だけに戻った室内の空気は緩むどころかさらに張り詰め、テーブルの前に立つパトリシアは夫に深々と頭を下げた。

「ハイゼン公爵の仰った通り、私の母はクラム伯爵夫人ではございません。素性を偽ったこと、大変申し訳なく思っております。本来ならこうして殿下にお声をかける資格もありませんが、どうか本当の出自を話す機会をお与えください」

顔を上げると、ソファに座るアドルディオンに射るような視線を向けられた。

しかしその目に怒りや非難の感情は読み取れず、真実が聞きたいと切望しているような感じがする。

「聞こう」

はっきりとした口調で許可してくれた彼に一礼して感謝を示すと、自ら生い立ちを語る。

「私の生まれはケドラー辺境伯領内の小さな村です。母はクラム伯爵家のメイドでしたが、私を身籠ったために解雇され、実家にも頼れずひとりで産んで育ててくれました。学校にも通えない貧しさでしたが、不幸だと思ったことは一度もありません」

母から愛され、困った時には村人が助けてくれた。労働の日々の中でも楽しみはたくさんあり、幸せだった。

母が病気になるまでは。

「母が病に倒れたことで、私は父が誰であるかを初めて知りました」

自分亡きあとの娘の生活を案じた母が手紙を送り、父が迎えに来た。

父の目的は伯爵家のためになる結婚を娘にさせるためで、少しも愛されていないのには傷ついたが、母の入院費と引き換えに取引に応じた。

そして一年間、厳しい淑女教育を受け、昨年末の舞踏会に臨んだ——という事情を包み隠さず打ち明けた。

静かに聞いてくれたアドルディオンはなにを思うのか。

生まれた地を口にしたら目を見開いて、その後はなにかを逡巡《しゅんじゅん》しているような顔をし、パトリシアが話し終えると小さくかぶりを振っていた。

(私に失望したのよね)

どんな処罰がくだされるかと思うと恐ろしく、それ以上に母の病を治せなかったのが身を切られるようにつらい。

アドルディオンを騙していたことへの申し訳なさも強く感じるが、ほんの少しだけホッとしている自分もいた。

(やっと本当の私を知ってもらえた。殿下をお慕いしているから、もう嘘はつきたくない)

初めて瞳を揺らすことなく、真正面から視線を合わせられたように思う。

彼も見つめ返してくれるが、険しい顔つきに見えた。

（処分について考えているの？　私と父は罪を免れないけれど、巻き込んでしまったエイミだけは守らないと）

「素性を偽り妻となったことをお詫び申し上げます。慈悲を請う資格はありませんが、どうかエイミだけはお許しください。私の侍女となったばかりに無理やり秘密を共有させられていただけなのです」

必死の思いで深々と頭を下げたら、ハイゼン公爵の場違いな笑い声が響いた。

「これは失敬。たしかに殿下に頼みごとができる立場ではありませんな。学校にも通えず子供の頃から働いていたとは、想像以上に下賤《げせん》なお育ちで。深窓の令嬢の真相には呆れますな」

（下賤……）

命がけで育ててくれた母を侮辱された気がして悔しく、唇を噛んで顔をうつむけた。

（一生懸命に働いて生きてきたのに、どうしてバカにされないといけないの？　私はたしかに幸せだったのに。貴族にはわからないんだわ）

すべての貴族に心を閉ざしたくなった時、静かな怒りのこもるアドルディオンの声がした。

「笑うな。私の妻への侮辱も許さない」

まさか庇《かば》ってもらえるとは思わなかったので、パトリシアは目を丸くした。

すっかり諦めていた中で、わずかな期待の火が灯る。

（私に対しての優しさを残してくださっているのなら……）

一方、ハイゼン公爵は厳しい注意を不服とばかりに反論する。

「閨《ねや》をともにすれば情が移るものだと思いますが、よくお考えくだされ。クラム伯爵とこの娘は、殿下をたばかっていたのですぞ？　情けをかける価値もありません。厳罰に処すべき犯罪者ですから」

クラム伯爵が「ひっ」と掠《かす》れた悲鳴をあげた。断頭台でも想像したのか、ソファに身を縮こまらせて震えている。

パトリシアは父とは違い、先ほど感じた期待を胸に膨らませていた。

絨毯に膝を落として両手をつくと、アドルディオンを見ながら声に力を込めた。

「殿下にお願い申し上げます。どんな罰でもお受けしますので、どうか私ひとりの処分でお許しください」

娘を出世の道具として扱った父を守りたいと思えるほど、お人好しではない。

しかし父が爵位を剝奪《はくだつ》されずにすんだなら、母の入院費を今後も出してもらえるかもしれない。

しでかした罪に対して欲張りなお願いだと思うが、港で靴を投げた少年を許した彼ならこの気持ちをわかってくれると信じて必死に頭を下げた。

「見苦しいぞ。罪を認めたなら大人しく沙汰《さた》を待て」

ハイゼン公爵は鼻で笑い、伯爵家の取り潰しは免れないと確信しているようだ。

ソファからアドルディオンが立ち上がった気配がした。テーブルを回って妻の横まで来ると片膝をつく。

「顔を上げろ」

パトリシアの右手を取った彼が傷の程度を確認し、ブラウスの襟から引き抜いたシルクのタイを丁寧に巻きつけてくれた。

「血は止まっているようだが、傷口が開かぬよう城医の診察を受けるまではこれを外すな」

「殿下……」

優しくしてくれる意味を探して翡翠色の瞳を見つめると、一瞬だけ微笑んでくれた。

「離縁はしない。処罰も不要だ」

(えっ、すべてをお許しくださるの⁉)

寛大すぎる沙汰にパトリシアよりも公爵父娘の方が驚いていた。

「殿下を騙すということは国を欺《あざむ》いたも同じ。なぜお怒りにならないのですか!」

「そうですわ。妃を続ける資格がありません!」

「パトリシアの母親は平民だが、父親はクラム伯爵なのだろう? ならば間違いなく伯爵令嬢で問題にするほどではない」

手当を終えたアドルディオンは、パトリシアを立たせて横に並ぶと腰に腕を回した。

妻を守ろうとする腕に温かさを感じ、こんな時なのに胸がときめく。

しかしすぐに厳しい現実に引き戻される。

「妃の座を追われぬなどと、到底納得いきません。我々に、下民の娘にかしずけと申されるのですか。殿下はすべての貴族を敵に回すおつもりか！」

ハイゼン公爵が唾を飛ばす勢いで責め立てた。

（私を許したら、殿下が窮地に立たされるの？）

青ざめて美麗な横顔を仰ぎ見ると夫に少しの焦りもなく、冷淡な口調で問い返す。

「聞くが、公爵の五人の子息令嬢は皆、夫人の子供なのか？　次男と三男は髪や目の色、顔立ちが少しも夫人に似ていないが。彼らは社交界や政界から排除されても仕方ない存在だと、父親である貴殿が言うのか？」

どうやら公爵にも庶子がいて正妻の子だと戸籍を偽っているようだ。

権力ある家柄ゆえ表立って疑惑を申し立てる者がいないだけで、大半が知っている事実なのかもしれない。

これではたしかに人のことは言えない立場である。

「妻の真の出自に関しては他言無用だ。噂を広めれば公爵自身に跳ね返ると心せよ」

厳しい注意を受けて公爵は悔しそうに唸り声を漏らす。

数分前まで勝ち誇ったように微笑んでいたエロイーズは不安げに父親の腕を掴んでいた。

一方、クラム伯爵は許されたと確信してか、ハンカチで冷や汗を拭いて冷めた紅茶を口にしている。

のんきに喉を潤している伯爵にアドルディオンの鋭い視線が突き刺さった。

「立件して処罰はしないが、謝罪は必要だ」

「は、はい」

肩を揺らした伯爵が慌ててティーカップを置き、アドルディオンに謝ろうとする。

それを遮るように彼が首を横に振った。

「パトリシアに対してだ。平民から急に貴族になるには、並大抵の苦労ではすまないぞ。病の母親を想う娘心につけ込み己の野心のために利用するとは、貴殿は悪魔か」

パトリシアが言わずとも一年間の淑女教育がどれほど大変だったのかを察してくれたようで、嬉しさに胸が熱くなる。

努力も苦労も、今この瞬間に報われたような気がした。

急いでソファから立ち上がった伯爵が、娘に向けて腰を直角に折り曲げた。

「これまでのことはすまなかった。今後は迷惑をかけず大切にすると誓うので、どうか許してくれ。この通りだ」

伯爵家の中では絶対権力者で家族に命令する立場の父が、娘に薄くなった頭頂部をさらしている。

その情けない姿は心からの反省があってのものだと、半分くらいは信じたい。

「お父様、わかりました。顔をお上げください」

利用されていると知っても、母を人質に取られているようなものだったので父に従うしかなく、悔しい思いもした。

謝ってもらえたことでその気持ちが晴れ、父への嫌悪感も薄らいだ気がした。

心がスッと軽くなり笑みを浮かべたが、隣に立つ夫はまだ厳しさを解いていない。

「クラム伯爵は現在、国務大臣補佐に就いていたな。信用ない者を政府の中枢に置けない。処罰としてではなく、役職の見直しがあるものと思え」

「そんなご無体《むたい》な。どうかお慈悲を！」

「罪に問わないのが最大の慈悲だろう。ありがたく受け入れろ」

がっくりとうなだれた父を見て、パトリシアの不安が再燃する。

（お前の不注意のせいで秘密がバレて降格になったんだから、入院費は出さないと言われたらどうしよう）

どうやらそれは無用な心配のようだ。

顔を曇らせた妻の胸中をアドルディオンがすぐに察してくれた。

「今後は君の母上の入院治療費を俺が支払う。安心してくれ」

「殿下……あ、ありがとうございます！」

なにがあろうともアドルディオンなら、父とは違い約束を反故《ほご》にしないと信じられた。

（お母さんの病気は必ず治る。ああ、よかった……）

喜びと感謝が胸に込み上げ、深い安堵に包まれる。

するとこれまで張りつめていた心が開放されて自然と涙があふれた。

雫《しずく》がこぼれる前に指先で拭いてくれたのはアドルディオンで、パトリシアに向ける眼差しは優しいが、伯爵には冷たく退室を命じた。

「呼び出しがあるまで自宅で待機していろ」

肩を落としてドアに向かう伯爵を、ハイゼン公爵が鼻で笑った。

「いい気味ですな」

しかし少しも喜んでいないのが表情から伝わってくる。事態が自分の思惑通りに進展せず、かなり苛立っている様子だ。

ひとり減った室内は再び緊張感に包まれ、アドルディオンの攻撃の矛先《ほこさき》が公爵に向く。

「ハイゼン公爵、貴殿にも反省してもらおうか」

「私がなにをしたと仰るのですか？」

「真相を暴いたとばかりに事を荒立てようとしたことだ。離縁させて私に娘を嫁がせようと企《たくら》んだのだろう？　エロイーズを伴って来たのがその証拠。私はパトリシアを妻に選んだのだ。貴殿の令嬢に興味はない」

円滑な執政のためには、権力ある公爵家と良好な関係を保ちたいと思うものだろう。

それなのに公爵令嬢を冷たく突き放したアドルディオンにパトリシアは目を見張り、自分のためにそうしてくれたのだと思うと心が震えた。

午前中の馬車内での気まずさがあるので愛されていると勘違いはしないが、気に入られているのは感じられた。

条件が合うなら妻は誰でもいいわけではないようだ。

喜びが膨らむけれど、笑顔にはなれない。

ショックを受けたエロイーズが両手で顔を覆ってシクシクと泣き出したからだ。

「あんまりなお言葉ですわ。わたくしは、いつか殿下の妻となる日を夢見て、これまでひたむきに努力してまいりましたのに……」

(私、勘違いしていたのかも。私と同じようにエロイーズさんも家のために妃になりたかったんだと思っていたけど、本当は殿下が好きだったのかも)

恋を知った今は彼女に同情して悲しくなる。

もし自分が現れなければ、エロイーズが妃となる道もあったのではないだろうか。

申し訳なさに心を揺らしていたら、同情するなというかのように、腰に回されている夫の腕に力が込められた。

「殿下……」

視線を絡ませる夫婦を見て、ハイゼン公爵が怒りを加速させた。

「エロイーズには生まれた時から最高の教育を受けさせてきた。皆から羨望の眼差しを向けられて淑女の鏡とまで言われているのですぞ。その私の娘が、下民の腹から生まれた卑しいにわか貴族に劣ると言われるのか！」

「性根《しょうね》の清らかさでは劣るだろう。私に愛情があるのではなく、妃の座に執着しているだけなのはわかっている。嘘泣きはやめろ」

（えっ、嘘泣き⁉）

ピクッと肩を動かし、ゆっくりと両手を下ろしたエロイーズの頬は濡れていない。騙されてショックを受けるパトリシアを鋭く睨んできた。

「私の妻への侮辱は王家への反意《はんい》とみなす。今後は二度と許されないものと思え」

アドルディオンは決して声を荒げたりしないが、静かな怒りがひしひしと伝わる。

公爵父娘は悔しげで、劣勢に立たされていることに納得できない顔をしていた。

不意に視線を外したアドルディオンが、窓の外に目を細めた。

「前庭の緑が濃くなったな。今年の夏は例年より暑い」

当たり障りのない話題に転換した彼を不思議に思う。

和やかな雰囲気を作って公爵との和解を考えているのかと思ったが、違うようだ。

「たしかハイゼン公爵領には避暑地として知られている高原があったな。秋が深まる頃まで領地で涼むといい。その間の貴殿の職務は他の者にあたらせよう」

秋が深まる頃とは三か月後くらいだろうか。

気遣うような言い方だが、その実は謹慎処分である。

不敬も厭わず、公爵が殺気をにじませた視線を向けてきた。

パトリシアはこれまで自分の性格を逞しい方だと思って生きてきた。

夜道も蛇も怖くないし、暴れ馬だって手懐《てなず》けられる自信がある。

村での暮らしで怯えたのは森に住む悪魔と船を沈める大嵐くらいだったのに、ハイゼン公爵にはこれまで経験したことのない恐怖を感じた。

(権力者が本気で怒ると怖いのね……)

沈黙の中、ハイゼン公爵とアドルディオンの間で十秒ほど火花が散り、その後はおもむろに公爵が立ち上がる。

エロイーズを伴ってドアへと向かい、すれ違いざまに低く笑った。

「後悔なさいませんように」

背筋がゾクッとして肌が粟立ったが、夫の腕に守られているためなんとか耐えられた。

公爵父娘が出ていってドアが閉まると、強い恐怖と緊張から解き放たれて足から力が抜けた。

「あっ」

崩れ落ちそうになった体はアドルディオンに支えられ、横抱きにされる。

「大丈夫か？」

逞しい二本の腕が背中と膝裏に回されて軽々と抱えられている。

至近距離にある美麗な顔はベッドの中で見るより精悍《せいかん》で、高鳴る鼓動を抑えられない。

(ドキドキが伝わってしまいそうで恥ずかしい)

ソファにそっと下ろされ並んで座ると、彼の眉尻が下がった。

「君を退室させてから公爵とやり合うべきだった。怖い思いをさせてすまない」

「殿下に謝られると困ります。ハイゼン公爵を怒らせても、守ってくださったのに。私はどれだけのご迷惑をおかけしてしまったのでしょう。嘘をついて本当に申し訳ございませんでした」

「嘘をつかされていたんだ。君の落ち度ではない。今までよく耐えたな。本当に貴族なのかと疑う者がこれまでいなかったのは、君の努力の成果だ。感心する」

ただの村娘が一年で貴族令嬢らしくなるのがどれだけ大変なのか。それを察してくれる彼は優しい目をして、大きな手を妻の頭にのせた。

「今後は気を楽にして暮らせるよう取り計らおう」

撫でられる心地よさにうっとりしかけたが、ハッとして首を横に振った。

「いいえ、今後はより一層、気を引き締めなければと思っています」

パトリシアの出自に関してアドルディオンは、他言無用だと公爵に命じていた。

やはり伯爵の庶子である事実は隠した方がいいのだろう。

真実が広まれば、不適格な娘を妃に選んだと陰で嘲笑されるかもしれない。

次期国王となる彼は尊敬されなければならない立場なのに、それでは困るのだ。

守ってくれた恩に報いるためにも、行動を改めようと決意する。

「殿下の足を引っ張らないよう、本物の淑女を目指します。二度と木登りはしませんし、料理もしません。母に会いにいく回数も減らし、秘密が漏れないよう最大限に注意いたします」

つらい制限を自分に課して傷ついた手を握りしめたら、その上に大きな手がかぶさった。

「君らしい君でいてほしい。その結果、眉をひそめる者がいたとしても、俺がなにも言わせない。パトリシアを守ると約束するから、いつも笑顔でいてくれ」

思いやりのあふれた心強い約束に頬が染まり、瞳が潤んで喜びが胸の中を駆け巡った。

（作り立てのマーマレードみたいに心が熱くて、甘くて、ほろ苦い。愛ってこういう味なんだ）

大きく膨らんだアドルディオンへの愛情を味わっていたら、急に切なげに目を細めた彼が独り言のように呟く。

「今度こそ、守ってみせる……」

守れなかったことが前にあるような言い方をされて戸惑う。

（もうダメだと思ったのは今回が初めてだったのに。どういう意味で言ったの？　私のことじゃないのかも）

目を瞬かせていると、無言の夫に真顔で見つめられた。

髪や目や口、顔中に注がれる視線がくすぐったく、両手で自分の顔に触れて確かめる。

「なにかついていますか？」

それに答えはなかった。

「辺境伯領の出と言っていたな。村の名は？」

「サンターニュです」

辺境伯領は王都から遠く、その中の小さな村など知られていないと思っていた。

出自を明かした時に村の名を口にしなかったのはそのためである。

しかしサンターニュの名を聞いた途端、夫が目を見開いて痛いほどに両肩を掴んできた。

（ど、どうしたの⁉）

驚いてなにも言えずにいると、さっきよりもまじまじと確認するように顔を見られた。

「成長すれば君のような顔立ちになりそうだ。目も髪の色も、母親とふたり暮らしだったところまで同じだ。そうなのか？　それとも、俺の願望がまさかと思わせているだけなのか？」

なにを言われているのかまったくわからないが、アドルディオンは切羽詰まった顔をしていた。戸惑う妻を前に、真剣な目をして喉仏を上下させる。

「パトリシア、君は過去に俺に会っていないか？　九歳の時だ。よく思い出してくれ」

会ったと言われるのを待っているような期待の目で見られても、少しも思いあたらない。

（九歳ということは九年前。小さな村に王族が訪れたらお祭り騒ぎになると思うけど、そんなことはなかったはず。殿下はお忍びでサンターニュに？）

大自然と労働と、母とのささやかで幸せな暮らし。

振り返っても村での思い出の中に、美々しく気品ある少年はいない。

「お会いしていませんが……」

困惑しながら答えると、アドルディオンが落胆したように息をついた。

「名が違うというのに、なにを期待しているんだ。バカなことを聞いた。忘れてくれ」

(名が違うって、誰と?)

問いかけたかったが、十五時を過ぎた柱時計に目を遣った彼が立ち上がった。

「政務に戻る。疲れただろう。君は私室で休んでくれ。城医は呼んでおこう」

「あの……行ってしまった」

(殿下が過去に出会った九歳の少女が、私に似ているということ?)

しかしサンターニュ村には同じ年の女の子はいなかった。

九年も前なので殿下の記憶違いだろうかと首を傾げ、閉められたドアを見つめていた。

眩しい記憶と愛し合う夫婦

ハイゼン公爵の登城を差し止めてからひと月半ほどが過ぎ、紺碧の秋空には黄色い満月が輝いている。

アドルディオンは帰路の途中で馬車に揺られていた。

先ほどまで叔母が嫁いだ侯爵家で満月とワインを楽しむ男性貴族限定の夜会が催され、それに招待を受けて参加していたのだ。

貴族たちから変わらぬ支持を得るためには、付き合いも大切にしなければならない。

有力貴族の多くが招かれていたその夜会で、ハイゼン公爵家からは次男がやってきた。

(他の貴族たちは公爵家の次男に話しかけにくそうにしていたな。ハイゼン公爵の処分を公にはしていないが、なにか問題があって登城できないのだと気づいているようだ)

あらゆる方面に影響力のある公爵家とは敵対関係になりたくないが、健気な妻を罪人にはしたくなかった。

公爵を処分した自分の判断を肯定するために、いいきっかけだったと前向きに捉えることにした。

平民を軽んじる公爵の政治姿勢には以前から困らされてきた。

王家が頂点にいるとはいえ、国政は男性貴族で構成される議会が動かしている。

ハイゼン公爵が反対するせいで通らなかった、平民のための法案がこれまでにいくつもあったのだ。

(公爵家の力が弱まれば、もう少し民に寄り添った政治ができる。しかし完全排除はしてはならない。公爵に味方する貴族は少なくないから、その者たちにまで反意を向けられ内乱の引き金になるだろう)

ハイゼン公爵の政界復帰のタイミングについて考えていると、いつの間にか馬車が城内の大邸宅前に着いていた。

乗車している王族の許可があるまでドアを開けてはならない決まりなので、従者を寒空の下に待たせてしまった。

急いで降車を伝えるとドアが開けられ、踏み台が用意された。

石畳に足をつけると、冷たい夜風が銀色の髪を揺らした。

(夜になるとずいぶん寒くなった。パトリシアが風邪を引いたらいけないな。寝室の毛布を暖かいものに取り替えよう)

妻の顔を思い浮かべると、自然と口角が上がる。

多くの貴族令嬢が社交界の中で身に着けるしたたかさや狡《ずる》さがパトリシアにはない。

彼女は芯のある女性で、母親のためにいばらの道に進んだ勇気と忍耐力には感心させられた。

無理をしなくていいと言っているのに公務に精を出す真面目さも、侍女を必死にかばう優しさにも、性根の清らかさが表れていた。

なにより裏表のない純朴な笑顔は眩しく目に映り、彼女と話せば心が癒された。

パトリシアに惹かれているのを自覚しているが、クララと似ているから胸が高鳴るだけだと自分に言い聞かせている。

自分に課した誓いに苦しめられていた。

(妻を愛してはならない)

自分のせいで亡くなったクララとの思い出が、今もアドルディオンを縛りつけている。

(パトリシアがクララだったら、どんなにいいか……)

都合のいい願望が幾度となく頭に浮かび、そのたびに自分が嫌になった。

(現実は変えられない。俺がクララを死に追いやったのだ。愚かな期待は捨てないと)

執事が開けた玄関扉から中へ入ると、玄関ホールでジルフォードが待っていた。

「お帰りなさいませ」

「先に休めと言ったはずだが」

日頃、彼には優れた頭脳を生かして政務を補佐してもらっているため、身の回りの世話はできるだけ従僕に任せるようにしている。

欠かせない存在だからこそ、しっかりと休息を取ってもらいたい。

ジルフォードは意味ありげな笑みを浮かべる。

「殿下に謝罪しなければと思い、待たせていただきました」

「なにを謝る必要がある？」

彼に限って裏切りはないと信じている。

これまで仕事でミスしたこともなく、有能であるため予想がつかない。

外套を脱いで従僕に渡しながら、返事を催促する。

「もったいぶらずに言え」

「失礼いたしました。では沐浴室まで歩きながらお話いたします」

私室に戻る前に湯を浴びようとしているのもお見通しの近侍と連れ立ち、沐浴室のある一階の北棟へ足を進める。

「今晩、殿下が召し上がる予定の焼き菓子を私が食べてしまいました。妃殿下の手作りです」

「は？」

聞けば一時間ほど前にパトリシアの侍女が、『毒見してください』と無邪気な笑みを浮かべてブルーベリーマフィンを持ってきたそうだ。

王太子妃専用の調理場は鍵付きで、彼女の許可がないと出入りできないようにしてある。

そのため毒見係を呼ばずに普段から妻の作るティーフーズを口にしていた。

夫婦一緒に休憩時間を過ごせなかった今日のような日は、寝る前に少しだけでも手料理を口にするようにしている。

『美味しい』と言えばパトリシアは喜び、その可愛い笑顔が見たいからなのだが、感想に偽りはなく心温まる優しい味だと感じていた。

アドルディオンのために妻が菓子を作るのは日常だが、なぜ侍女がジルフォードに毒見させるのかがわからない。少し考え、好意の表れだと気づいた。

「菓子作りをエイミも手伝ったからか」

「ご明察にございます」

パトリシアには心を楽に暮らしてもらいたいので、真の出自を隠し続けるつもりはない。

しかし一気に訂正を発表するわけにいかない事情がある。

ハイゼン公爵のように、王家を謀《はか》ったのだから処罰しろとの声が他の貴族からも上がる恐れがあるためだ。

それゆえ段階を追って知る者を増やしていこうと考えていた。

まずは絶対的にこちらに味方してくれると思われる親王派の貴族からだ。

懸念を示しそうな貴族には旨味を与えて取引し、受け入れさせる。

一般国民はその後になる。

相手がどう捉えるかの見極めや、手間のかかる根回しをジルフォードに任せていた。

パトリシアも侍女もジルフォードに深く感謝しており、特に侍女はそれ以上の好意も抱いているらしい。

それが恋心なのか、ただ懐いているだけなのかは知らないが、毒見と理由をつけてまで自分も作るのを手伝ったマフィンを食べてもらいたかったようだ。

ジルフォードが断らずに食べてくれそうな理由を考えながら、妻が侍女とはしゃいで菓子作りを楽しむ様子を思い浮かべ、アドルディオンはムッとした。

（パトリシアは俺のためではなく、ジルフォードのために焼いたのか。面白くないな）

口に出してはいないのに近侍に心を読まれる。

「ですから謝罪しております」

「俺はなにも言っていないぞ。くだらない嫉妬をすると思ったのか？」

「失礼いたしました。情報を付け足しますと、妃殿下は今、急いで菓子を作り直していらっしゃいます」

ジルフォードが味を褒めたら、すっかり嬉しくなった侍女がお代わりを何度も持ってきて、その結果アドルディオンの分がなくなったらしい。

「沐浴を終えて寝室に入られましたら、ちょうど焼き上がる頃でしょう。妃殿下が、殿下のためだけにお作りになられたブルーベリーマフィンが。ちなみにブルーベリーには目によい成分が含まれておりますので、毎日大量の書類に目を通される殿下を気遣ってのことだと思います」

勝手に熱くなる頬を見られないよう、微笑む近侍から顔を背けた。

画廊のように飾られている見飽きた名画を眺め、唇を引き結んで歩いていたら、クスリと笑われた。

『本当は嬉しいのでしょう？』

ジルフォードの心の声が聞こえてきそうで悔しくなる。

（お前の方こそ舞い上がっているだろう）

主君と妻の距離が縮まるのを、近侍は密かに喜んでいる。

子を成すのも王太子の務めなのだから、愛ある普通の夫婦関係を築いてもらいたいと願っているはずだ。

早く過去の少女を忘れてほしいとも思っているのだろう。

（いくらジルの洞察力が優れていても、この胸のクラライへの想いはわかるまい。九年前の地獄を体験していないのだから）

時が経てば懺悔の思いや愛しさが消えるわけではない。

ただ、つらさを紛らわせるのが上手になるだけなのだ。

沐浴をすませて私室で寝間着に着替え、夫婦の寝室に繋がるドアを開けた。

するとちょうど妻の部屋側のドアも開き、ネグリジェに薄いガウンを羽織った姿のパトリシアが入ってきた。

間に合ったと言いたげに彼女はホッとして、それから嬉しそうに微笑む。

その手には銀のトレーが持たれ、マフィンがひとつとティーセットがのっていた。

寝る前に彼女が淹れてくれるのは、いつも体に優しいハーブティーだ。

ソファに移動してパトリシアを先に座らせた。

腕がわずかに触れ合う近距離に腰を下ろすと、彼女の頬が染まり、抱きしめたい衝動に駆られる。

それをグッと押し込めて意識をマフィンに向けた。

(俺のためだけに焼いたブルーベリーマフィンか)

時間がない中で作り直すのは大変だったろう。

妻の優しさや、温かいハーブティーと焼き立てマフィンの香りに包まれたら、ジルフォードを許す気持ちになれた。

「遅くまでお疲れさまでした。今日はどのような夜会だったのですか?」

心配させないようハイゼン公爵家については触れず、月を眺めながらワインについて語り合った話をした。

「気に入った白ワインがあった。ワイン商に注文しておいたから今度、君とふたりでの晩餐で飲もう」

遅くまで仕事をする日が多いため、晩餐をともにできる日は少ない。

「楽しみにしています」

約束をすれば心からの笑顔を見せてくれるから、近いうちに必ず実現させようと頭の中でスケジュールを確かめた。

「パトリシアは今日、なにをしていたんだ？」

「私は午前中に孤児院に行ってきました」

来月の収穫祭に向けて子供劇の練習中で、観に来てほしいという内容の拙《つたな》い手紙が届いたそうだ。

「すごく楽しかったです」

真面目な子にお調子者、目立ちたがり屋に恥ずかしがり屋、子供たちはひとりひとり個性があって皆が輝いていたと教えてくれた。

何度も慰問しているため、孤児院の子たちはすっかりパトリシアに懐いている。

平民として生まれ育った彼女だからこそ、子供たちと心を通わせることができるのかもしれない。

（パトリシアとなら、同じ方向を見ながら一緒に国を治めていけそうだ）

歴代の中でもっとも国民に支持される国王夫妻にいつかなれたらと期待した。

午後は母親の見舞いと謁見を二件こなし、毎日何通も届くご機嫌伺いの手紙に律儀に返事を書いていたという。なかなか忙しい一日だったようだ。

話を聞きながらマフィンを口にする。

就寝前に食べるからか、バターと甘さが控えめで優しい味わいだ。

(癒される。結婚前は妻とこういう時間が持てるとは、夢にも思わなかった)

ハーブティーにホッと心を緩ませると、眠気も感じた。

「美味しかった。また作ってくれ」

「はい！」

張り切った返事をする妻の手を取り、立ち上がる。

「パトリシア、ベッドへ行こう」

なるべく淡白にさりげなく言ったつもりだが、彼女が恥ずかしそうに目を逸らしてわずかに緊張した顔をする。

(やめてくれ。手を出したくなって困る)

ひと月半ほど前、進水式に夫婦で出席した帰路の馬車で、パトリシアが好意を伝えようとしてきた。

『私は、殿下をおし――』

嬉しかったのだが、その気持ちを超えて困ると感じ、続きを言わせなかった。

『また会えるよ。必ず迎えに来るから信じて待っていてくれ。クララを俺の妃にすると決めたんだ』

果たせなかった約束と輝く命を奪った罪悪感。それらが妻との距離をこれ以上縮めさせてくれない。

パトリシアを愛してはならないと、今も心のなかで自分を戒めた。

葛藤を悟られないよう平静を装いベッドに入る。

共寝にまだ慣れない様子のウブな彼女は、ほんの少しためらってからガウンを脱ぎシーツに腰を下ろした。

しかし横にならず、迷っているような横顔を見せる。

恥ずかしいだけではないようで、心配したアドルディオンは身を起こした。

「どうした？　困りごとがあるのか？」

「困ってはいません。お願いがありまして……いえ、そんな大げさなものではなく、でもややこしくなるので、やっぱり言うのはやめようかとも考えていまして」

なにを迷っているのかわからないが、日頃つつましく謙虚に暮らす妻にねだってもらえるのは嬉しい。なんでも買ってあげたくなる。

「言ってくれ」

ドレスやジュエリーか、それとも趣味の料理に使う珍しい調味料かと予想しながらパトリシアの手を握った。

するとポッと頬を染めた彼女が恥ずかしそうに口を開く。

「ふたりきりの時だけで構いませんので、私を別の名前で呼んでいただきたいのです」

突拍子もない頼みごとに面食らう。

「なんと呼ばれたいのだ？」

子供の頃から親しんだ愛称があるのかもしれない。

（パトリシアならパティか？　まさかとは思うが、母親が幼い娘によく言う〝私の可愛い小ウサギちゃん〟などではあるまいな）

性格上も立場上も、そう呼ぶのは無理である。

しかしパトリシアが望んだ名は――。

「私の本名はクララと言います。パトリシアは後から父が付けた名前で、自分じゃない気持ちになるんです」

戸籍は国家ではなく生まれた地を治める領主が管理している。

クラム伯爵が娘の戸籍を己の領内に作った時に名前まで変えてしまったという。

（そんな……！）

ハンマーで頭を殴られたかのような衝撃で言葉が出ない。

（やはりクララは生きていたのか？　まて、まだ喜ぶのは早い）

過去に自分に会っていないかと妻に問いかけた時、思いあたらない様子だった。

当時クララは九歳で幼児ではないのだから、求婚された相手を忘れたりしないだろう。

胸を突き破って飛び出しそうな強烈な期待を必死に押し込め、同一人物だと証明するものを思い出の中に探した。

浮かんできたのは青空の下で、タライに入った衣類を踏みつけて洗うクララの姿だ。

(痣だ)

スカートをたくし上げて洗濯していたので、右の太ももの内側にある痣が見えた。

それはリンゴの花弁のような形でピンク色をしていたと、今でもはっきり覚えていた。

焦りながら記憶を蘇らせていると、パトリシアが慌てたように言う。

「おかしなお願いをして申し訳ございません。クララと呼んでくれるのが今は母だけなのが少し寂しかっただけなんです。パトリシアの名にも慣れましたし、今のままで結構です」

どうやら眉間に皺を寄せて考えていたため、気分を害したと勘違いさせたようだ。

それすら訂正する心の余裕がなく、一刻も早く確かめたいと気持ちが逸《はや》る。

彼女の手を引っ張りベッドに押し倒すと、痣を見るためにネグリジェを裾からまくり上げようとした。

「きゃっ！」

驚いたパトリシアが悲鳴を上げ、まくられまいと抵抗する。

「おやめください。突然すぎます！」

その叫びでハッと我に返ったアドルディオンは手を止めた。

すぐに身を起こした彼女が距離を取り、乱れたネグリジェと呼吸を整えている。

(怖がらせてしまった……)

「すまない」

「あの、夜伽はなしというお約束でしたよね……?」

パトリシアはヘッドボードに身を寄せて自分の体を抱きしめている。

問いかけるオレンジ色の瞳が揺れているのは、怯えのせいなのか。

誤解を解かなければと焦り片手を伸ばすと、華奢な肩がビクッと震え、それを見たアドルディオンは触れる前に手を下ろした。

(嫌なのか)

抱こうとしたわけではなかったが、妻の拒絶に自分でも驚くほどの痛手を受けた。

(好意を持ってくれていると思ったのは勘違いだったようだ)

冷静さを取り戻すと、妻の気持ちや生い立ちを自分の望む方へ捻じ曲げて解釈していたのだと反省した。

(クララという名はありふれていて、ひとつの村に何人かいてもおかしくない。求婚した時に名を告げて身分も明かしている。特別な記憶になるはずなのに、それがないということはやはり別人なのだ)

国を統《す》べる者として思い込みは命取りであり、判断を誤れば国全体を危険にさらす。

常々慎重に物事を見極めてきたというのに、クララのことになると冷静さを欠いてしまう。

（一生、罪を背負って生きる覚悟だったが、意識下では罪悪感から抜け出したいともがいているのか？　自己保身の感情を優先させてパトリシアを傷つけるとは、情けない）

深いため息をつき、ベッドから下りた。

「怖がらせてすまなかった。夜伽はなしという約束は守る。今夜は気分が昂《たかぶ》っているゆえ、俺は別の部屋で眠る」

自室へ繋がるドアへ向かうと、背中に焦ったような声がかけられる。

「殿下、申し訳ございません。さっきのは、その――」

「いや、君に落ち度はないのだから謝罪は無用だ」

ドアノブを掴んだまま肩越しに振り向くと、後悔をにじませた瞳で見られた。

関係悪化を恐れ、我慢して抱かれたらよかったと思っているのだろうか。

不愉快に感じてはいないと伝えたくて無理やり口角を上げたが、うまく笑みが作れない。

さらに眉尻を下げた妻から逃げるようにドアを開けた。

「おやすみ、パトリシア」

彼女の本名であってもクララとは呼べない。

アドルディオンにとってクララは唯一、あの少女だけなのだ。

＊＊＊

穏やかな秋の夜。

村で呼ばれていた名をアドルディオンに告げた日から二週間が過ぎた。

湯浴みをして寝支度をしたパトリシアは私室にいて、侍女を下がらせようとする。

「もう少ししたら自分でランプを消して寝室に入るから、エイミもお部屋に戻って休んで。今日も一日ありがとう。お疲れ様」

眉尻を下げたエイミが視線を向けた先はテーブルで、手作りのスコーンとアプリコットのジャム、ハーブティーの入ったティーポットとカップがふたつ、銀製のトレーにのせられて置かれていた。

アドルディオンのために用意したのだが、食べてもらえないだろうとも思っていた。

（きっと今夜も殿下は寝室に来ないわ……）

ベッドに押し倒されて驚いたあの夜以降、彼と顔を合わせていない。

ジルフォードが言うには、隣国との重大な条約締結を控えているため多忙なのだそう。

もともと食事を一緒にとる機会は少ないが、休憩時間はできるだけ合わせてくれていたのに、この二週間はそれがない。

寝室にも現れず、執務室のソファで短い睡眠を取っているそうだ。

特別に忙しい時期だという事情を信じているけれど、避けられているのではと疑う気持ちもあった。

(拒まなければよかった。ううん、嫌がったつもりはない。ただ驚いて、私を求めてくださる理由を先に聞きたかっただけ。愛していると言ってほしかった……)

思い浮かべたのは舞踏会の日のアドルディオンだ。

あの会場には着飾った美しい貴族令嬢が大勢いた。

紳士的な笑みを浮かべた彼は多くの令嬢をダンスに誘っていたけれど、その目はどこか冷めていて、今思えば誰も愛さないと最初から決めているかのようだった。

パトリシアが出自を偽っていたと知っても離縁も処罰もせずに守ってくれて、向けられる眼差しは前よりも優しい。

夫婦として絆ができたかのように思い、すっかり舞い上がっていたが、愛してもらえる日は来ないのだろう。

それでも初夜を迎える時くらいは、嘘でもいいから夢を見させてほしかった。

(愛が欲しいと私が欲張ったせいで殿下を怒らせてしまったのよ、きっと)

謝りたくても多忙だと言われたら、面会を求めるわけにいかない。

今夜も冷めたハーブティーをひとりで飲み、広すぎるベッドで眠ることになるのだろう。

パトリシアに同調するように悲しげにテーブルを見ていたエイミが、急に両手を握って奮起した。

「私、これから執務室に行ってきます。パトリシア様が夜食を作ってお待ちですと、殿下に申し上げてきます」

「それは絶対にやめて。政務の邪魔をしてはいけないわ。殿下は国のために努めていらっしゃるのよ」

「わかっています。でも私、寂しそうなパトリシア様を見ていられません」

手の平にはうっすらと線状の傷跡がある。命を絶とうとしたエイミからナイフを奪った時にできたものだ。

あの件でエイミの忠義心はさらに高まり、少々困るくらいに熱心に仕えてくれる。

エイミなら本当に執務室まで押しかけていきそうで、パトリシアは慌てて笑みを作った。

「私は元気よ。最後にお会いした夜から、もう二週間経ったんだと思っていただけ。毎日やることがたくさんあるから少しも寂しくないわ」

「本当ですか？」

疑われたので作戦を変えてみる。

「もしかして殿下の執務室に行きたいのは、ジルフォードさんがいるかもしれないから？」

たちまち真っ赤になったエイミがムキになって否定する。

「違います。そんなことは絶対に狙っていません。私はパトリシア様と殿下のご夫婦仲を心配しているだけです」

「そういうことにしておくわ。でもジルフォードさんにも会いたいでしょう？　この前のように手作りのお菓子を持っていったらいいわ。今度一緒に作りましょう。だからそれまでは執務室に行きたくても我慢してね」

エイミはジルフォードに恋心を寄せている。

夫婦での公務の際には近侍と侍女が事前に打ち合わせをするので、会話の機会は少なくない。物腰が柔らかく、大人の包容力を感じさせるジルフォードに自然と惹かれたようだ。けれども、恥ずかしいのかいつも否定する。

「パトリシア様の勘違いです。ジルフォードさんとは十二歳も離れているんですよ？　いつも子供扱いです。美人じゃないし、家柄もよくないし、これといった取り柄もない私なんか、好きになったって絶対相手にしてもらえません」

この恋は実らないと最初から諦めているようで、エイミらしい明るさがない。

しょんぼりとしているその肩を掴んだパトリシアは、顔を覗き込んで励まそうとする。

「エイミは可愛いわ。いつも一生懸命で真っすぐで、みんながあなたのことを大好きよ。いつかきっと気持ちは届くと信じて、私と一緒に頑張りましょう。だから〝私なんか〟と言わないで」

「一緒にということは、パトリシア様も頑張るのですね？　殿下のお心を取り戻すのを」

「えっ……」

「二週間前になにがあったのか聞きませんけど、ギクシャクしたままでいいのですか？　恋をすると臆病になるのはわかります。私もそうですから。でも度胸なら、パトリシア様に勝てる女性はいないはずです。平民から貴族社会に飛び込む勇気もすごいですけど、王太子妃にまでなっちゃうんですもの。私は心からパトリシア様を尊敬しています」

励ますつもりが逆になり、度胸があるという褒められ方に苦笑した。

（お転婆ってことかしら。淑女の枠からは外れるわね。でも嬉しい。自分らしさを思い出せた。エイミの言う通り、寂しい気持ちで待っているだけじゃダメよね）

「ありがとうエイミ。明日、少しだけでもお話しできないか、ジルフォードさんに取り次いでもらうわ」

「その意気です！」

安心した様子でエイミが退室し静かになると、外の虫の音が耳に届いた。

豊かなドレープのカーテンを開けてバルコニーに繋がるガラス扉の錠を外した。

夜になると気温はかなり下がるが、今宵は風がないためさほど寒さを感じない。

白大理石の手すりにもたれて鈴虫やコオロギの声に耳を澄ませていると、村を懐かしく思い出した。

（王城は虫の音も上品ね。村の虫たちはうるさいほど賑やかだったのに。私の住む場所はここ。

殿下のおそばにずっといたい。でも、村にも帰りたい……）

アドルディオンを愛するようになってからは、平民に戻って村で暮らしたいとは思わなくなった。

しかし望郷《ぼうきょう》の念が消えることはない。折りに触れてはブドウ畑や海、村人たちを思い出し、もう一度あの地を踏みたいと願うのだ。

パトリシアの真の出自は少しずつ慎重に知る者を増やしている最中で、皆が受け入れてくれるまでにはどれくらいかかるのだろうか。

（生涯、村には帰れないのかも）

寂しくなって襟元からネックレスを引っ張り出し、故郷の海のような青い石を手のひらにのせた。

ドロップみたいな楕円形の小さな宝石は銀の台座におさまり、裏に留め具がついている。ペンダントトップとして使っているが、元々はカフスボタンだ。

（私、これをどうやって手に入れたんだろう）

子供の頃、増水した川に落ちて流されたことがあり、その三日前からの記憶がすっぽりと抜け落ちている。

粉ひき小屋の水車の歯車に引っかかっていたのを村人に発見され、海まで流されなかったので助かったそうだが、気を失っていたのでまったく覚えていない。

記憶にあるのは助けられた翌日、自宅で目覚めてからのことだ。

擦り傷を全身に作っていたが骨折はなく、すぐに元通りの生活に戻れて母がホッとしていた。

記憶がないとわかって村医者の診察を受けると、大丈夫だと言われた。

そして元気になってから何日かして、母にカフスボタンを見せられた。

『川から助け出された時に、クララのポケットに入っていたのよ。これをどうしたの？』

その記憶もまったくなく、どうやって手に入れたのかと思うと怖くなった。もしかして自分が盗んだのではないかと疑ったのだ。

それを母は否定し、いくら記憶になくてもクララは絶対に人の物を盗んだりしないと断言してくれた。

『ブローチ？　どうやってつけるの？』

『カフスといって袖口につけるボタンよ。男性が使うの。クララは川に落ちる前、困っている旅人に出会って助けてあげたのよ。これはきっとそのお礼』

貧しい村なので、村長だってこんなに立派なカフスボタンをつけていない。だから旅人からもらったというのが母の推測だ。

（そうなの？）

真っ白な記憶の中を探ろうとしたら、頭が痛み顔をしかめた。

すると慌てた母に注意された。

『考えすぎたら頭痛が起きるから気をつけなさいとお医者様が言っていたでしょう？　思い出してはダメ。このカフスボタンは持っていて大丈夫なものだから考え込まないで。そ、そうだわ。きれいな石だからネックレスにしたらどう？　チェーンを持っているから通してあげる』

あの時の母を思い出していると、少し様子がおかしかったと気づいた。

（いつものお母さんとなにかが違う）

『無理に思い出さなくていい』ならわかるが、思い出すのを禁止したのはなぜだろうか。

それにカフスボタンを持っていて大丈夫だと、どうして言ったのだろう。もしかしたら拾い物かもしれないのに。

正直者の母ならば落とし物として村役場に届けそうなものなのに、あの時は旅人がお礼にくれたと根拠のない推測を押し通そうとしているかのようだった。

（なにかをごまかそうとしているような、慌てた言い方でもあった気がする。お母さんは本当はこのカフスボタンについて心当たりがあったんじゃないかな。でも私に思い出してほしくなかったから、言わなかったとか……）

月光を浴びる青い石を見ていると、なにか思い出せそうな気がした。

空白の三日間を覗こうとしたら、湧き上がってきたのは――。

（怖い！）

記憶を取り戻すのが怖いのか、それとも当時、恐怖体験があったのか。

よくわからないがとにかく恐ろしくなって呼吸を乱した。

慌ててネグリジェの中にカフスボタンをしまい、落ち着こうと深呼吸する。

（これまで不都合なく生きてこられたんだから、今さら思い出そうとするのはやめよう）

もし、恐怖の記憶があるのならなおさらのこと。心を守るための防御反応で忘れたのかもしれないのだから。

カフスボタンはただのお守りとして、その青さで心を癒してくれればそれでいい。

（過去を気にするより、明日やらなければならないことを考えよう）

少しだけでもアドルディオンと話したい。そのためにいい口実がないかと頭を巡らせた。


翌日、朝のうちにジルフォードを通じて相談があると夫に面会を申し入れたが、今日は議会があるので難しいと断られてしまった。

定期的に城内で議会が開かれ、公共事業の予算や法案について男性貴族が話し合う。

それは午前中の早い時間から始まり、休憩を数回挟みながら夜まで続く時もあるそうだ。

（お忙しいのはわかっているけど、ほんの少しも会えないの？　やっぱり私と顔を合わせたくないだけでは……）

疑って落ち込みそうになる心を叱咤《しった》し、あたって砕けろの気持ちで顔を上げた。

（勇気がくじけないうちに動こう。お会いして謝らないと）

狙うは議会の休憩時間だ。

議場は大邸宅西棟の二階にあり、その近くの客間に潜んで待機する。

探偵のごとくエイミが議場の様子を柱の陰から窺ってくれており、二十分ほどして張り切った顔で客間に駆け込んできた。

「休憩時間に入りました」

「ありがとう。行ってくる。エイミはここで待っていて」

急いで議場へ向かう廊下の曲がり角で、前から来た男性とぶつかってしまった。

「あっ！」

体格差で弾かれて尻もちをつきそうになったが、腕を掴んで支えられ事なきを得た。

「申し訳ございい——殿下！」

仰ぎ見れば半月ほど見ていなかった愛しい夫の顔があり、たちまち鼓動が跳ねた。

（やっと会えた。嬉しい）

抱きつきたい衝動に駆られたが、支えの手が離されて我に返った。

慌てて居住まいを正し、スカートをつまんで淑女の礼を取る。

「そんなに急いでどこへ行く？」

どこか緊張をはらんだような硬い声で問いかけられ、やはり嫌われているのだろうかと弱気になった。

けれどもグッとこらえてアドルディオンから目を逸らさない。

「殿下にお会いしたく、休憩時間になるのを待っておりました」

「相談があると言っていたな。急ぎだったのか。内容をジルフォードに伝えてくれたなら、もう少し早く返事ができたのだが」

「いえ、急ぎではなく――」

昨夜バルコニーで考えていた会うための口実を話す。結婚式以来会う機会のなかった、とある貴族から晩餐会の招待状が届いたが、出席していいかと問いかけた。

一拍置いてから、無表情のアドルディオンがそっけなく答える。

「君の好きにするといい。それだけか?」

もう少しなにか言葉がもらえると思っていたのに、あまりにも興味が薄そうな返事をされて勇気がしぼんでしまった。

彼から拒絶されたように感じ、胸が痛む。

(お会いできたから、今日はそれだけで十分よ)

「はい……」

頭を下げると、アドルディオンが横を通り過ぎようとする。この先には彼の執務室があるので、一旦戻るのだろう。

一歩二歩と夫が足を踏み出すごとに、心の中で自分を叱る声が大きくなる。

（なにやっているの。言いたいことはそれじゃないでしょ。早く呼び止めないと！）

「殿下！」

グッと両手を握りしめ、走ってアドルディオンの前に回り込んだ。

「違うんです。そんな相談をしたかったわけじゃないんです。拒むつもりはなかったと言いたくて。突然のことに驚いただけなんです。少しも嫌じゃなかったのに私……この前の夜を後悔しています。お許しくださ――」

無我夢中で気持ちを伝えていると、大きな手で口を塞がれた。肩を抱かれるような格好で、耳に彼の唇があたる。

心臓が胸から飛び出しそうな思いでいると、注意を囁かれた。

「必死なのはよく伝わったが、ここは議場前の廊下だ。閨の事情を声高に言わないでくれ」

誤解を解こうと焦るあまり、周囲が見えていなかった。

恐る恐る横目で辺りを窺うと、議員資格のある貴族たちが遠巻きにこちらを見ていた。

「いやはや仲がおよろしくて結構ですが、あてられてしまいますな」

そのような笑い声も耳に届き、火を噴きそうなほど顔が熱くなる。

「大変、申し訳、ございません……」

もごもごと小声で謝ると、嘆息したアドルディオンがやっと手を離してくれた。

「どうぞこちらへ」

いつの間にいたのかジルフォードが近くの応接室のドアを開けて微笑んでいる。

夫にいざなわれてその部屋に入ると、ドアが閉められてふたりきりにされた。

首をすくめて頭を下げる。

「殿下にお恥ずかしい思いをさせてしまいました」

貴族たちを服従させるには威厳が必要で、王太子の彼はあのように茶化《ちゃか》されていい存在ではない。

「休憩時間とはいえ、急用でもないのに会いにいくべきではありませんでした」

反省していると、アドルディオンの両手が包むように頬に触れた。

「顔を上げろ」

その声は優しく温かく、少しも怒りを感じない。

(怒っていないの?)

顔を見れば彼の口角はわずかに上がっていて、涼しげな目が細められた。

廊下ではそっけなくされたが、人目を気にしていたからであって不機嫌ではなかったのかもしれない。

近距離で見つめられると、恋心が加速しそうで困った。

「しばらく会えなかったのは本当に政務に追われていたためだ。夜更けに寝室に入れば君を起こしてしまうだろうから、別室で寝ていた。俺が避けていると思って会いにきたんだな。不安にさせてすまなかった」

「あ、よかった……」

嫌われていなかったことにホッとして、大きな喜びが湧き上がる。

心の靄《もや》がスッと晴れ、久しぶりに日の光を浴びた気分がした。

「私は思い込んでいたんですね。ご迷惑をおかけしました」

安心したら涙腺が緩んで瞳に涙の幕が張る。

それが露となってこぼれぬうちに、夫の親指が優しく拭ってくれた。

「俺も思い込んでいたからおあいこだ。俺に抱かれるのは嫌なのだろうと思っていた。言い訳になるが襲うつもりはなく、確認したかっただけなのだ。驚かせてすまない」

「確認とは、なんのですか？」

「それは――いや、いい。忘れてくれ」

翡翠色の瞳が切なげに揺れた気がしたが、疑問に思う前に話題を変えられる。

「忙しいのはあと十日くらいだろう。それまでに今抱えている重要案件に決着をつける。その後は遠方に視察に向かう予定だ」

「わかりました……」

遠方ということは何日も帰れないと思われ、ひとり寝の夜はしばらく続きそうだ。

政務の妨げとならないよう寂しさは口にできず、無理して微笑む。

すると予想外の誘いを受けた。

「視察は君にも同行してもらう」

「私もですか？　どちらの領地へ？」

「ケドラー辺境伯領のサンターニュ村だ」

故郷の名に目を丸くする。

（たしか殿下は過去にお忍びで行ったことがあるような話をされていたわ。サンターニュは私の大切な故郷だけど、豊かな自然以外に名所のない小さな村で、二度も視察に行くような場所ではないのにどうして……あっ）

里帰りさせてあげようという計らいだと気づき、感謝と喜びが込み上げた。

「私のためなのですね。ありがとうございます！」

（透き通る青い海やブドウ畑がまた見られるなんて）

嬉しさのあまりに抱きついてしまい、腕や頬に逞しい筋肉を感じて慌てて離れた。

真っ赤に顔を染めると、大きな手で頭を撫でられる。

「久しぶりに君の可愛い笑顔を見られた」

（可愛い⁉）

初めて彼から言われた褒め言葉に動揺し、動悸が加速してなんと返していいのかわからない。

クスッと笑ったアドルディオンが視線を窓に逸らして呟く。

「視察は俺のためでもある。愚かな願望を消すための。今のままでは君と向き合えないから」

（願望って？）

独り言のようなので問いかけられず、遠い目をする彼に首を傾げた。


秋が深まり紅葉する木々を眺めながら、パトリシアは夫と馬車に揺られている。護衛兵と官人を連れ、総勢二十五人で辺境伯領へ向かっていた。

王都を出発したのは一昨日で、他領地の大きな町の宿で二泊した。

悪路もある遠い道のりも、故郷に帰れると思えば心が弾む。

隣に愛しい夫がいるのも笑顔になれる理由だ。

「殿下、向こう側に少しだけ海が見えました。私が故郷で見ていた海と同じですか？」

「そうだろう。まだ海までは遠いが、ここはもう辺境伯領内だ」

出身地がこの領内であっても、パトリシアは領主に会ったことがない。

ケドラー辺境伯についてほとんど知らなかったので、視察旅行前にアドルディオンから教えてもらった。

それによると辺境伯はかつて反王派と呼ばれ、王族はやすやすとこの地を訪れることができなかったそうだ。

長らく敵対関係にあったのを現国王が何年もかけて懐柔し、今はいい関係を築けているという。

その辺境伯にこれから会って晩餐をともにし、屋敷に宿泊する予定になっていた。

サンターニュ村に行けるのはその後になる。

今はもう反王派ではないので身の安全は心配していないが、気がかりはあるとアドルディオンが言っていた。

国王に忠誠を誓っても、その息子である王太子にかしずくかはわからない。

彼も辺境伯に会うのはこれが初めてなのだそう。妻に里帰りをさせるだけでなく、辺境伯と主従関係を築くという目的もあって視察を決めたらしい。

(殿下にとっては重要なお仕事なのよ。浮かれすぎないように気をつけよう)

そう思っても、懐かしい海がチラチラと見えるたびに歓声を上げてしまう。

「私、海を身近に感じて暮らしていたんです」

母親と一緒に早朝の漁港で働いていた話を初めてした。

漁に出ていた船が次々戻ってくると、たちまち港が活気づく。魚介の入った重たい籠が陸揚げされ、村の女性たちが選別作業をするのだ。

パトリシアも大人に交じって魚や貝を種類や大きさで仕分けしていた。

子供にとっては重労働に違いないが、村人と話しながらの作業は楽しかった。

「それに、売り物にならない傷ついた魚や貝を持って帰れるのが嬉しくて。サンターニュの郷土料理、魚介のスープは美味しいですよ」

張りきって話すのをアドルディオンは静かに聞いてくれる。

じっと真顔で見つめられても恥ずかしくないのは、心の半分が故郷に向いているからだ。

「味つけはシンプルに塩のみなんですけど――」

「海老は殻まで、魚は頭から尾、骨まですり潰し、布でこしたスープ。旨味が濃く、たしかに余計な調味料はいらないな」

「召し上がったことがあるんですか？」

目を瞬かせて問いかけると、探るような視線を向けられた。

（私、なにかおかしなことを聞いた？）

戸惑うパトリシアを数秒黙って見つめていた彼は、小さく首を横に振って曖昧な返事をする。

「さあ、どうだろうな。気にせず続けてくれ。どんな暮らしをしていたのか聞きたい」

「は、はい。漁港での仕事は朝だけで、一度帰宅して洗濯や掃除をします。その後はブドウ農園の仕事です」

海に面した急斜面にワイン用のブドウ畑が広がっている。

そこから見る海が一番好きだった。

「昼間は透き通った青で、夕暮れにはオレンジ色に染まります。海面が宝石みたいにキラキラして、とてもきれいです。でも見惚れていたら命取り。転がり落ちそうな斜面なので危険なんです」

「大事な剪定鋏を落としても、子供の君は絶対に拾うなと農園主から言われたのか？　命より大切なものはないからと」

「そうで——えっ、どうしてご存じなんですか？」

心を読まれたのが不思議で目を丸くしても、アドルディオンはクールな真顔を崩さない。なにかを考えているような間を置いてから答えてくれる。

「過去に、似たような話を聞いたんだ。ある少女から」

（その少女は……）

ハイゼン公爵に出自を暴かれた後、村の名を口にしたら彼が驚いていたのを思い出していた。

『君は過去に俺に会っていないか？　九歳の時だ』

（殿下は少年時代にサンターニュ村をお忍びで訪れて、その少女と交流したんだ。ブドウ農園はひとつじゃないから、私とは別の農園でその子は働いていたのかも。心当たりはないけれど、私が知らないだけでいたのかもしれない）

村の子供たちは皆、大人の手伝いをしていた。学校に通うことができないほど貧しい子供は少なかったけれど。

ブドウ農園の仕事を手伝う少女が自分の他にいてもおかしくない。

またしても探るような目で見られ、パトリシアは困惑する。

（殿下は時々こういう目をする。なにか言いたそうで、私を通して他の誰かを見ているような……。もしかしてその少女が私だったらよかったのにと思っているの？）

誰だかわからない少女に嫉妬してしまう。

きっとその少女との忘れられない思い出が彼にはあるのだろう。

（この視察は大人になった少女を捜す旅だったりして……）

落ち込みそうになり、慌てて勝手な憶測はやめようと思い直した。

（私に里帰りさせてあげたいという優しさを疑いたくない。王城に戻ってからも殿下と笑顔で思い出話ができるように、楽しい旅にしないと）

「殿下にはサンターニュでの素敵な思い出がおありなのですね。この旅でその人に会えるといいですね」

本心ではないことを言うのは苦しいが、嫉妬を押し込めて無理やり微笑んだ。

するとアドルディオンが切なげに目を逸らす。

「いや、二度と会えない。現実は変えられないとわかっているのだが、俺は――」

その時、馬が急に脚を止め、車体がガタンと揺れた。

アドルディオンの腕が腰に回されて引き寄せられ、座面から弾んだ体を支えてもらった。

なにがあったのだろうと思うのと同時に、大きな歓声が聞こえた。

「王太子殿下ご夫妻、ようこそいらっしゃいました！」

窓の外を見ると、領主が住まう大きな町の入口に着いたところのようで、沿道に整列した領民たちが笑顔で旗を振っている。

道沿いの家々は門戸が国旗や花で飾られて華やかだ。

「予想外の歓迎ぶりだな」

そう言うということは、辺境伯領内で王族は民から支持されていないと思っていたのかもしれない。かつて反王派だった時代から、それほど年月が経っていないからだろう。

前方から栗毛の馬に騎乗した立派な身なりの男性がやってきた。

六十代前半くらいの、半分白くなった口ひげを生やした恰幅《かっぷく》のいい紳士だ。

聞いていた情報と容姿が同じなので、すぐにケドラー辺境伯だとわかった。

帽子を取って会釈した辺境伯がにこやかに声をかける。

「馬上から失礼いたします。我が館まで私が先導いたしましょう。ご挨拶は後ほど改めていたします」

辺境伯の姿が窓から外れると、馬車が再び動き出した。

「領主様——あ、いえ、辺境伯が自らご案内くださるのですね」

村娘だった時は領主様と呼んでいたが、今は自分の方が上の立場である。

呼び方を修正し、領民と一緒に出迎えてくれたことを嬉しく思った。

国王に忠誠を誓っても自分に対してはどうなのかわからないと、出発前にアドルディオンが懸念していたためだ。

王太子とも良好な関係を築きたいという辺境伯の意志は感じられた。

歓迎してくれる領民の列はしばらく途切れず、パトリシアは夫に倣って窓に向けて手を振り歓声に応えた。

紳士的な笑みを浮かべている彼が、独り言のように低い声で呟く。

「ジルフォードを連れてくるべきだったか」

この旅に近侍を伴わなかったのは、不在の間も政務が滞らないように代理の指示役としたためだ。

パトリシアも侍女を連れてきていないが、アドルディオンの理由とは違いエイミが風邪を引いたせいである。

出発前夜に解熱したため本人は行きたがっていたけれど、ぶり返してはいけないので説得して留守番を頼んだ。

身の回りのことはひとりでできるので、他の世話係の同行も求めなかった。

夫の呟きを、近侍にも歓迎ムードを味わわせてあげたかったという意味に捉えて微笑む。

「そうですね。町の皆さんにこんなに喜んでいただけて。温かく迎えてもらったと知ったらジルフォードさんも喜びますね。王都にはない赤瓦の屋根の町並みもエイミやジルフォードさんと一緒に見たかったです」

「いや、そうではなく――」

近侍を同行させるべきだった理由は他にあると言いたげだが、一拍黙ってからアドルディオンが頷いた。

「今夜は辺境伯のもてなしを受け、明日はこの町を案内してもらう。君の故郷へ行くのは明後日の予定だ。すぐに行きたいだろうが、少し我慢してくれ」

「お気遣いありがとうございます。村から遠いこの町は初めてなので、色々と見学できるのは嬉しいです」

夫の思い出の中にいる少女についてはもう考えないようにしようと決めた。

きっと楽しい旅になると信じ、期待だけを胸に膨らませて微笑んだ。


柱時計が二十一時を示している。

領主の邸宅はレンガ造りの二階建てで、クラム伯爵邸より三倍ほども大きな屋敷だ。

辺境伯の一家と豪華な晩餐が行われた後、リビングで紅茶やワインを飲みながら歓談し、パトリシアだけ先に客間に入った。

アドルディオンは辺境伯と遊戯室でビリヤードをしながら話すそうだ。

客間はひとりで使うにしては大きなベッドが部屋の中央に置かれ、暖炉の前にソファセット、壁際には鏡台やキャビネットがある。

薪がふんだんに用意されているが火を入れるほど寒くないので、暖かそうな毛布だけで眠れるだろう。

ソファに腰かけて息をつく。

（辺境伯一家の皆さんはにこやかで、歓迎してくださっているのがよく伝わったわ）

会話の弾む晩餐であったが、アドルディオンだけでなく妻の自分まで過剰なほどに褒めてくれたのには返答に困った。

『王太子殿下の人を見る目は優れておられる。このように素晴らしいお嬢様を妃とされたのですから。深窓のご令嬢というお噂は遠いこの地まで届いておりました。お美しく、気品と優雅さを兼ね備えた妃殿下は、すべての国民に愛されることでしょう。まことこの国の未来は明るい』

今はまだ信頼のおける近しい貴族から本当の出自をじわじわと広めている最中なので、この視察で辺境伯一家に打ち明けるわけにはいかない。

（サンターニュ村で生まれ育ったと知ったら、どう思うのかしら？）

ボロを出さないように緊張し続けていたため、濃い疲労を感じていた。

先に休ませてくれた夫の配慮に感謝し、気を緩めて寝支度を始める。

しかしネグリジェに着替えている際にドアの外に微かな物音がして、緊張がぶり返す。

（そうだった。ドアの前に護衛の方が立っているんだ）

晩餐中も歓談中もずっと護衛兵が近くに控えていた。

警戒するのは辺境伯一家に失礼ではないかと思ったが、王族の視察とはこういうものなのだろう。辺境伯もわかっているような雰囲気だった。

護衛兵は決して着替えを覗かないとわかっていても、ドアの真ん前に立たれるのに慣れていないので気になった。

辺境伯領内に入るまでの二泊は宿屋を丸ごと貸し切っていたため、護衛は棟の出入口と廊下に立っていたのだ。

(眠れるかな)

そのような心配はいらなかった。ランプの明かりを弱めてベッドに入ると旅の疲れか、それとも繊細な神経は持ち合わせていないせいか、予想以上に早く夢の中に落とされた。

『クララ……』

(私を呼ぶのは誰?)

ぼんやりとたゆたう夢の中で、誰かが自分に話しかけていた。

少年のようだが、辺りは暗く顔が見えない。

『これをクララに——世話になった——すまない——』

途切れ途切れの声に懐かしさを覚えるが、思いあたる人がいない。

アクアマリンの宝石がついた銀のカフスボタンをふたつ、少年が手渡してきた。

（両袖分、ふたつともくれるの？）

夢と現実が交錯する。

お守りのように今も身に着けているのはひとつだけなのにと首を傾げた。

記憶の奥底へ向かうかのように、少年の背中が小さく遠くなっていく。

『さよならクララ』

呼び止めたかったが、どうしても名前が思い出せない。

（誰なの？　待って、待ってよ——ああっ！）

突然、濁流が襲ってきて、黒い水に飲みこまれた。

怖くて苦しくて、水の中から必死に手を伸ばす。

（死にたくない、助けて！）

すると誰かに強く手を握られ、意識が夢の中から引っ張り出された。

「パトリシア」

「あ、れ……？」

ベッドの空いているスペースに寝間着姿のアドルディオンが座り、片手を握ってくれている。

心配そうに眉根を寄せ、顔を覗き込んできた。

「随分とうなされていたぞ。悪夢を見たのか？」

「は、はい。すごく怖かったんです」

内容を伝えようとしたが夢の記憶はすでに霧散《むさん》しており、言葉で説明できるほど覚えていなかった。

「忘れてしまいました」

苦笑するとアドルディオンがフッと表情を和らげて手を離し、ベッドサイドのテーブルに置かれたランプの火を少し強めた。

明るくなった室内で、もぞもぞと身を起こしてからやっと気づく。

「もしかして、殿下のお部屋もこちらですか?」

宿屋では別室だったので、ここでもそうだと思い込んでいた。

「ああ」

サラリとした返事に頬が染まり、たちまち鼓動が加速した。

(どうしよう。心の準備ができていない)

視察の出発前夜まで夫の忙しさは続いていたので、寝室を別にしていた。

同じ部屋で寝るのはひと月ぶりくらいだろう。

(大きなベッドに、枕がふたつ。もっと早く気づくべきだった)

アドルディオンの眉間に皺が寄ったのを見て、勘違いされる前に慌てて弁明する。

「久しぶりなので緊張しているだけです。一緒に寝られるのが嬉しくて——あ、あの、変な期待はしていませんのでご安心ください」

（私はなにを言っているのよ！）

恥ずかしさにうつむくと大きな手が頭にのり、わかったというようにポンポンと優しく叩かれた。

目を合わせると微笑んでくれて、それからスッと真顔になる。

「俺は、どうしても期待を消せない」

「えっ？」

深刻そうな顔なので、自分が言った期待とは意味が違うのはわかる。

「別人だと何度自分に言い聞かせても君を見るたびに儚《はかな》い願望が湧いてくる。それを消さなければ君と真正面から向き合えないだろう。だから聞いてほしい。九年前にサンターニュ村の少女と出会った時の話を」

（話してくださるんだ。私も聞きたい。似ているというその子が誰なのか知りたい）

背筋を伸ばして座り直すと、遠い目をした彼が静かな声で語りだした。

「国王命令でこの地を極秘で視察した時のことだ――」

十四歳の彼は国王から力量試しとして、当時反王派だった辺境伯領の視察を命じられた。

旅人に変装し、王太子だと気づかれてはならない危険の伴う任務である。

町や村々の調査は順調に進みサンターニュ村に入ったら、騎乗していた馬が暴れ出して視察の一行とはぐれてしまったそうだ。

馬を制御できず命の危機を感じていた時、少女が木から馬へ飛び移り、助けようとしてくれたという。

「我が身の危険を顧みず、勇敢な少女だった」

恩を感じているのが口調から伝わってきた。

(馬なら私も上手に乗りこなせる。馬貸しのお手伝いをしていたから)

夫の期待に応えたいと思っているせいか、パトリシアは自分と少女を重ねて聞いていた。

(その時そこに私がいたなら、絶対に同じようにしたはずよ)

「情けない話だが、俺は落馬して意識を失った。気づいた時は少女の家で怪我の手当てをしてもらった」

不自由なく動けるようになるまで三日かかると村医者に言われたため、そのまま少女の家で世話になったそうだ。

少女は母親とふたり暮らしで、漁港とブドウ農園で働き学校には通えない貧しさだったという。

(私とまったく同じ)

これまで想像力が豊かだと感じたことはなかったが、銀色の髪をした気品ある少年が、掘っ立て小屋のような自宅にいる様子がありありと目に浮かぶ。

漁港でもらった小魚と海老や貝の入ったバケツを提げて急いで帰ると、彼が『お帰り』と出迎えてくれた。

留守の間に帰ってしまったらどうしようと少し心配だったので、待っていてくれたのが嬉しかった。

郷土料理の魚介のスープを張りきって振る舞うと、『とても美味しい』と褒めてくれて、はしゃぎたくなるほど喜んだ。

(これは私の記憶なの？　わからない。殿下の話から勝手に想像を膨らませただけかもしれない)

頭が微かに痛みだす。

記憶なのか想像なのかわからなくなり、静かに混乱している間も夫の話は続いている。

「王都では味わえない貴重な三日間だった。純朴で明るく、真っすぐで清らかな少女。気づけば連れて帰りたいと思うほど惹かれていた。別れの日に俺は正体を明かし、いつか妃にすると約束した。平民を王家に迎えた前例はなく、非常に難しいのはわかっていた。それでも手放したくなかったんだ」

パトリシアの脳裏に黒い空が浮かんだ。

冷たい雨が降っていて、悪魔が住むと言われている深い森の入口が近くに見えた。

少年とはここでお別れで、二度と会えない予感に悲しんでいたのに、王子様だと明かされて目を丸くした。

大人になったらお嫁さんにしてくれるとも言われ、驚いて嬉しく思ったけれど恥ずかしかった気がした。

（本当に私の記憶なの？　わからない。自信がない）

口を閉ざしたアドルディオンが、じっと見定めるような視線を向けてくる。

その少女は自分だと言えず、違うとも否定できなくて、困り顔で首を横に振った。

彼が嘆息して続きを話す。

「その時、俺を必死に捜していた視察隊の兵士が現れたんだ」

兵士は少女を森に住む悪魔だと思い込んで剣を振り上げた。

十四歳の彼には屈強な兵士を力づくで止めることができず、少女を走らせた。

しかし逃げる途中で少女は川に落ちてしまったそうだ。

視察に同行していたハイゼン公爵に指揮を執らせて少女を捜索したが、もたらされたのは亡《な》骸《がら》を確認したという地獄の報告だったという。

「俺のせいで亡くなったと九年間、悔恨《かいこん》に耐えてきた」

パトリシアの鼓動が早鐘を打ち鳴らしている。

子供の頃に川に落ちたのは想像ではなく事実で、その前三日間の記憶がない。夫の思い出話と付合した。

アドルディオンが一拍黙ってから、パトリシアの目をまっすぐに見て告げる。

「その少女の名は、クララだ」

(私なの!? 境遇も川に落ちたのも同じ。記憶のない三日間、私は少年時代の殿下と過ごしていたの?)

パトリシア――クララは抱えるように両手で頭を押さえ必死に思い出そうとしたが、痛みに呻くのみ。

代わりに浮かんできたのは入院中の母の顔だ。

『ちょっと思い出していただけよ。お転婆なあなたを気に入ってくれた男の子のことを』

アドルディオンに木登りを許されたと話した時に、母は遠い目をしてそう言った。

その男の子とは、九年前の三日間、自宅に滞在した少年のことではないだろうか。

今の彼に母はまだ会っていないので同一人物とは気づいていないと思うが、娘の話からなんとなく似ていると感じたのだろう。

(本当にうちに少年時代の殿下が来ていたのなら、お母さんは覚えているはずよ。どうして話してくれなかったの?)

娘が川に流された件に少年が関わっていると思ったのだろうか。

彼について話せば濁流にのまれた恐怖の記憶が蘇るかもしれず、娘にとって忘れたままの方がいいと判断したためなのか。

きっとそうだろうと思ったが確証はなく、頭から手を離して戸惑う瞳にアドルディオンを映した。

「その少女は、私ですか……？」

険しい顔の彼が冷静な口調で問い返す。

「否定しないのはなぜだ」

「川に落ちた経験があります。でも覚えていない。その三日前からの記憶がすっぽりと抜け落ちているんです。どうしたらいいの……」

思い出せないのが苦しくて、無意識にネグリジェの胸元をぎゅっと掴んだ。

すると小さく固い感触が手のひらにあたりハッとした。

（このカフスボタンは、殿下がくださったのでは？）

川から救出された時、ポケットに入っていたと聞いている。

『困っている旅人に出会って助けてあげたのよ。これはきっとそのお礼』

入手経路を少しも思い出せない娘に母がそう言った。

チェーンを手繰り寄せるようにして襟元から引っ張り出すと、手のひらにのせてアドルディオンに見せた。

「もしかしてこれは、殿下のものですか？」

目を見開いた彼がカフスボタンを指でつまみ、裏まで確かめてからゆっくりと頷いた。

「世話になったお礼として俺がクララにあげたものだ。両袖分を渡したらひとつを返された。

また会えるようにひとつずつ持っていようと言われたんだ。王城の私室のキャビネットにある。比べれば同じものだとわかるだろう」

「それじゃ、やっぱり私が――」

喜びかけたが、険しい顔をしている彼の眉間にさらに力が込められるのを見た。

期待が膨れ上がるのをこらえているような表情だ。

「ぬか喜びはしたくないんだ。慎重になるのを許してくれ。別の少女が落としたカフスボタンを、君が拾ったという可能性もある」

「そ、そうですよね」

少年からもらった記憶はなく、自分がその少女だと自信を持って言えないのが口惜しい。

（ここにお母さんがいてくれたら）

クララの出自が完全に公にされた時に見舞いに行くと夫が言ってくれたので、会うのは当分先だと思われる。

しかし母に九年前について尋ねたら、銀色の髪の少年がうちで傷を癒していたのかどうかはわかるはずだ。

今すぐ知りたいのに、王都に帰るまで叶わない。

「他に証拠は……ないわよね」

ため息交じりに呟くと、アドルディオンがクララの太ももを指さした。

「証拠はそこにある。少女の右足に花形の痣があったのを覚えている」

ひと月ほど前、夫婦の寝室で突然押し倒されたのは、それを確認するためだったそうだ。

（そうだったの。あの時、私が拒まなければ、もっと早くわかったのに）

今までとは違う後悔の仕方をするとともに、驚きや興奮が胸の中を駆け巡った。

恥ずかしさも忘れて急いでネグリジェをたくし上げ、白い太ももをあらわにする。

そこにあるのは、リンゴの花弁のようなピンク色の痣だ。生まれた時からのものである。

安堵とも喜びとも、疲労ともつかない深いため息がアドルディオンの口からもれた。

引き寄せられて強く抱きしめられ、耳に唇があたる。

「生きていてくれてありがとう。クララ」

初めてその名で呼ばれ、大きな喜びに胸が震えた。

今ならわかる。本名を明かしても呼んでくれなかったわけが。

アドルディオンにとってクララは、ただひとりの大切な存在なのだ。

腕を緩めた彼がクララの肩に目を押しあてた。

ネグリジェの薄い生地が温かくしめり、夫が泣いていると気づく。

（この九年間、ずっと苦しんでいたんだ）

どこか冷たい雰囲気は、少女を死に追いやった自責の念からくるものだったのかもしれない。

常に懺悔の想いを抱えて国を率いるのは、どれだけ大変だったことだろう。

そこからやっと解放されたというのに、声さえ上げずに静かに涙する彼の強い精神力を尊敬した。

(私が覚えていたら、もっと殿下を喜ばせることができたのに)

思い出そうとすれば頭が痛む。

兵士に追われて落水した恐怖を再び味わうことになったとしても、記憶を取り戻して一緒に歓喜の涙を流したかった。

「殿下との大切な思い出があるはずなのに、思い出せなくて申し訳ございません」

「そのようなことは気にするな」

顔を上げたアドルディオンは、美しく潤んだ瞳を優しく細めた。

「忘れたなら、もう一度言えばいい。少女時代も今も心から君を愛している。クララ、俺の妃になってくれ」

昨年の舞踏会で求婚されているが、愛のない契約では少しも感動できなかった。

今は夫の愛情が心を震わせてくれて、涙が堰《せき》を切ったようにあふれだした。

(愛してもらえる日が来るなんて……)

首を何度も縦に振って応え、涙にむせびながら気持ちを伝えようとする。

「私も殿下を愛しています」

嬉しそうに微笑した彼が唇で涙を拭ってくれた。

背中にそっと腕を回し大事そうに抱きしめられて、ときめきが加速する。

「殿下ではなく、名前で呼んでほしい」

囁くような甘い声を聞くのは初めてで、さらに鼓動が高まる。

「は、はい。アドルディオン様」

「ふたりきりの時はアドでいい。九年前の君はそう呼んでいた。敬語も不要だ」

「アド。なんだか照れくさいです。本当に愛称でお呼びしても……あっ、呼んでもいいのでしょうか……あれ？　呼んでいいの？」

急に敬語を使うなと言われても、癖がついているので何度も言い間違えてしまう。

「慣れるには時間が必要か」

ククッと笑われたその時、ドアの外に護衛兵の鋭い声がした。

「誰だ！」

甘い雰囲気は瞬時に消え去り、緊迫した空気に支配される。

（なにかあったの？）

鋭い視線をドアに向け気配を窺っている夫が、低い声で指示する。

「状況を確認してくる。クララは部屋から出るな」

「は、はい」

「大丈夫だ。おそらく館の使用人が立ち入り禁止の範囲を失念して、廊下を渡ろうとしただけだろう。襲撃の危険があるとは思っていない。辺境伯は次代になっても王家を支持すると約束し、文書も交わした」

妻を安心させようとしての説明のようだが、逆にヒヤリとした。

寝込みを襲撃されると少しも思っていなかったからだ。

（歓迎してもらえて私は安心しきっていたけれど、アドは万が一を常に考えて気を張っているんだ）

にこやかに握手を交わしても、完全に信用しないのが貴族なのかもしれない。

妃として夫に教わらなければならないことがたくさんありそうだと思いつつ、ベッドを下りてドアへ向かうアドルディオンを見送った。

翌日、秋晴れの空にイワシ雲が浮かんでいる。

昨夜はアドルディオンが言った通りで、その後は何事もなく夜を明かし、辺境伯一家と談笑しながら朝食の席をともにした。

このまま予定通り視察が続くと思っていたが、夫が急にスケジュールの変更を告げた。

今日は辺境伯の案内で町を見て回るはずだったのに、先にサンターニュ村へ行くと言ったのだ。

事前にサンターニュ村への訪問も伝えていなかったようで、辺境伯は困り顔をしていた。

振り回していいのかと心配になったが、アドルディオンのことだからただの思いつきではなく、なんらかの意図があるのだろう。

『君にきれいな海を早く見せたいからだ』

本当の理由は教えてくれなかったが、妻を喜ばせたいという気持ちは嘘ではないと思うので笑顔で頷くだけにした。

(帰郷は明日まで我慢だと思っていたから嬉しい)

村までは整備されていない細道が多く、馬車ではなく馬に乗っての移動になる。

乗馬は得意だが領民たちにお転婆な妃を見せるわけにいかないので、アドルディオンの馬に一緒に乗せてもらう。

デイドレスに薄手のコート姿で鞍に横座りすると、ダークブラウンのジャケットを素敵に着こなす彼が後ろにまたがり、妻を抱きかかえるようにして手綱を握った。

色づく木々を眺めながら、馬をゆっくりと歩かせる。

「クララの方が馬の扱いに長けている。希望があれば座る位置を取り換えるが」

耳元で囁くようにからかわれ、クララは頬を染めて言い返す。

「希望しません。しばらく馬に乗っていないから今はきっとアドの方が上手よ」

敬称も敬語もない、ヒソヒソとしたやり取りがくすぐったい。

「横座りするアドを少し見てみたい気もするけれど」

つけ足した本音に彼が声をあげて笑った。

「皆が驚くだろうな」

前後左右に護衛や官人がつき、総勢二十五人がそれぞれ馬に乗って同行している。

仲のよい夫婦の様子が彼らの目にどのように映っているのか、その心情を察すれば照れくささが倍増した。

クララの顔が真っ赤に色づくのに気づいたアドルディオンが、ニッと口角を上げる。

不意打ちのように彼の唇が頬にあたり「きゃっ」と声をあげたら、従者たちの視線を先ほどより多く集めてしまった。

二時間ほど馬で進むと、見慣れた景色に変わる。

サンターニュ村に入ったのだ。

オリーブや小麦畑が広がり、川が流れ、遠くにブドウ農園のある切り立った崖が見えた。

ここからでは海はまだ見えないが、微かに潮の匂いもする。

(懐かしい……)

村を発ったのは二年ほど前なのに、もっと長い期間、帰っていなかった気がする。

覚悟を決めて王都に出てからというもの、心が追いつかないような大きな転換が何度もあり、そのたびに感情が大きく動かされた。

貧しくても穏やかな村での日々と、王都での激動の二年ほどが心の中を駆け巡る。

（私、ついに帰ってきたんだわ！）

畑と潮の香りを胸いっぱいに吸い込んで、感嘆の息をついた。

アドルディオンも感慨に耽《ふけ》っているような顔で景色を眺めており、クララの視線に気づいて目を合わせると微かに微笑んでくれた。

「どこが見たい？」

「ブドウ農園と、漁港と――」

張りきって答えていると、小麦畑の真ん中で農作業中の村人がこちらに気づいて腰を上げるのが見えた。

小麦の収穫は夏に終わり、今は来夏の収穫に向けての種まき時期である。広大な畑に新しい畝《うね》が作られていた。

「あっ、エバンズさんだ」

土汚れの目立つ綿のシャツ姿の男性は四十代で、妻子と両親、兄家族の十五人で暮らしている。小麦の他に家族で食べる野菜も育てていて、ジャガイモやトマト、ハーブなどをよく分けてくれた。

そのお礼にクララは子守りを手伝い、エバンズ一家とは浅くない付き合いである。

王太子の視察が入ると知らされていないので、エバンズが首を傾げて隊列を見ていた。

手を振りたくなるのを我慢して、クララはかぶっている帽子の鍔で顔を隠した。

（気づかれてはいけない。でも顔を見られても私だとわからないかも）

二年ほど前、親しい村民たちには母の治療のために王都へ行くと言って村を出た。

クラム伯爵家で世話になる話もしたが、メイドとして働くのだと勘違いされ、訂正できないまま別れることになった。

高価な服を着て護衛に守られながら馬に乗る今の自分が、近所に住んでいた村娘だとは誰も思わないだろう。

（久しぶりと言えないのが寂しい）

故郷の地を踏み、透き通る海を見られたら十分に幸せだと思っていたが、実際に知り合いに会うと声をかけたくなってしまう。

肩を落としたら、アドルディオンが急に「止まれ」と従者たちに命じた。

「お前たちはここでしばし待て」

身軽に馬を降りた彼が、馬上の妻に向けて片手を差し出す。

「えっ？」

「知り合いなんだろ」

「声をかけていいんですか⁉」

驚いて問うと、口角を上げて頷いてくれた。

「どこで生まれ育とうと君は君だ。誰にも悪く言わせないから、安心して話してくればいい」

村人から辺境伯に情報が伝わらないと判断したのかもしれないが、実際その通りだろう。クララが村で暮らしていた時には、領主は一度も村に足を運ばなかったので顔を知らなかったほどである。

しかし心強い言葉をかけてもらえたからこそ心配せずに、帽子の鍔を上げて馬を降りることができた。

「エバンズさん！」

畝の間をまたいで駆け寄ると、顔を見た彼に仰天された。

「誰かと思えばクララか！　貴族みたいな恰好して、お供まで引き連れて、一体なにがどうなってんだ？」

「久しぶりなのに驚かせてごめんなさい。実は私、王太子妃になったのよ」

「なんだって⁉」

大きな驚きの声を聞きつけて、家の中や遠くの畑からエバンズ一家がやってきた。

なにぶん大家族なので大騒ぎになり、何事かと他の村人たちも集まった。

皆が盛大に驚いていたけれど、クララの成功と母の順調な回復を自分事のように喜んでくれて心が温まる。

なにより誰もかしこまらず、村で暮らしていた時と同じように接してくれるのが嬉しかった。

楽しくて三十分ほども話してしまったが、その間、アドルディオンは目を細めてクララを見守ってくれていた。

名残惜しい気持ちを抑え、集まった村人に別れを告げて夫の元へ戻る。

「殿下、お気を使っていただきまして誠にありがとうございました」

従者にも聞こえてしまうので口調は硬いが、笑顔から感謝と喜びは伝わったようだ。

彼も満足げに微笑んでくれた。

再び馬に乗って漁港へ向かう。

このまま畑の間の道をまっすぐ進み緩やかな坂を下った方が近いのに、一行は森側へと進路を取り、畑を迂回して港へ出る道に入ろうとしていた。

「アド、この道だとかなり遠回りになるわ」

声を落として指摘すると、わかっているというように夫が頷いた。

「予測されづらい道を選んでいる」

「えっ?」

誰が予測するというのだろう。心の中で疑問を投げかけ、すぐに辺境伯だと気づいた。

ということは今朝の突然の予定変更も、サンターニュ村への訪問を事前に知らせなかったのも、行動を読ませないためではないだろうか。

昨夜、ドア前で見張りをしていた護衛兵の不審者を咎《とが》めるような声を思い出していた。

(問題なかったと言われたけど、私を心配させないようにするための嘘?)

本当は危険が迫っているのではないかと疑い、不安げにアドルディオンを見つめた。

言葉にせずとも気持ちは伝わり、腰に夫の片手が回され抱き寄せられる。

「万が一を想定して行動する癖がついているだけだ。君はなにも心配せず故郷を楽しんでくれ。それがこの視察の一番の目的なのだから」

頼もしい声と逞しい腕に不安が薄れていく。

楽しまなければ彼の努力を無駄にするとも思い、心を喜びと懐かしさで満たそうとした。

それから数分進み、雑木林の中の土埃の立つ道に差しかかった時――。

この視察で選りすぐりの護衛兵二十人を率いているのは、国軍大将の屈強な三十代の男性だ。

先頭を進んでいた大将が馬速を緩めて隣に並び、主君に上申する。

妃には聞かれたくないといった様子だが、同じ馬に乗っているのでどうしても耳に届いてしまう。

「前方に十人ほどの黒い影が確認できます。見えない場所に倍の数はいると思った方がよろしいでしょう。町から船を出し、先回りしたのかもしれません」

（黒い影って……？）

たちまちアドルディオンの表情が険しくなり、ただならぬ雰囲気にクララは動揺した。

「海を見せられなくてすまない」

そう言った彼は馬を止め、覇気のある声で命じる。

「ただちに引き返し、そのまま辺境伯領を出る」

「はっ」

視察隊の馬が一斉に向きを変えて走り出し、速度がどんどん上がる。

揺れる馬の背で安定を失い、焦って夫の胴に腕を回しながら問う。

「アド、なにがあったの？」

「読み違えた。二度も怖い思いをさせてすまない」

記憶は失ったままだが、一度目は少女の頃の話だろう。

その時と匹敵するほどの命の危機が迫っているということなのか。

風を切る音にアドルディオンの緊迫した声が交ざる。

「領内に入ってすぐ違和感を覚えた。わずか五年前まで長らく反王派であったのに、領民が大歓迎してくれるのはなぜだろうかと」

辺境伯が民に命令し、歓迎の練習をさせられていたのだろうと彼は推測したそうだ。

領民に演技をさせてまで忠誠心を見せつけたのは、王太子と良好な関係を築くためか、それとも油断させるためなのか。

「油断とはどういうこと？」

「二代前の辺境伯が独立戦争を起こそうとして失敗した歴史がある。現辺境伯も王家に服従の態度を示しながら独立の機会を窺っているかもしれない。可能性としてだが、それを考えていた」

もしそうだとしたなら、辺境伯は王太子の視察をチャンスとみなすだろう。王太子を捕らえて中央政府に独立を承認するよう脅迫するのだ。

しかし現実的ではない作戦である。

一旦独立を承認させても、王太子の身柄を返せばすぐに攻め入られる。解放しなければ、それを理由にやはり国軍に囲まれる。

今は国内の大多数の貴族が王家を支持しているので、戦争になれば確実に辺境伯は孤立し、敗戦の結果領地も命も失うことになる。

王家に対抗できるほど強力な味方がいるなら別だが、現段階で辺境伯領が一国として独立するのは不可能なのだ。

「だからこの視察は危険がないと判断し、君を連れてきた。読み違えたというのは――」

悪魔が住むと言われている森の入口が目前に迫っていた。

森の手前に伸びる道を左へ向かうと、隣の村から領主の住まう大きな町へ続いている。

右に一時間ほど進めば他領地に入る。

一行が右へと馬を走らせようとすると、前方から騎兵集団が現れた。

その数、百騎ほどの軍勢で、剣や手斧を構えているので敵であるのは一目瞭然だった。

木々に挟まれ馬が二頭並べるほどの細道でなければ、たちまち囲まれていたことだろう。

行く手を塞がれては馬を止めざるを得ず、五メートルほどの距離を置いて軍勢と向かい合う。

（戦いになってしまうの？）

王太子妃夫妻が騎乗する馬は隊の真ん中にいる。

護衛兵が盾となってくれていても、圧倒的な数の違いにクララは恐怖した。

敵将とみられる先頭にいる男はひと際体格がよく、仮面で目元を隠している。

「何者だ」

アドルディオンが鋭い声をかけると、仮面の男が薄く笑った。

「知る必要はございません。王太子殿下ご夫妻も護衛兵も皆、この森に住みつく悪魔に殺される予定になっているのですから」

脅しではないだろう。殺気を感じてクララの恐怖は膨らむばかり。

暴れ馬に飛び乗る度胸があっても、誰の命も失われるのを見たくなかった。

震える妻の肩を抱いてくれるアドルディオンは、焦りを少しも顔に出さずどこまでも冷静だ。

おそらく彼は王太子としてこれまでいくつもの修羅場をくぐり抜けてきたのだろう。経験から心を落ち着かせる術《すべ》を知っているのかもしれない。

「捕縛ではなく暗殺か。なるほど。仮面で顔を隠しているがお前の声に聞き覚えがある。ハイゼン公爵家の傭兵だな」

（えっ、辺境伯ではなくハイゼン公爵の？）

驚いているのはクララだけではない。

仮面をかぶっていても、敵将が目を見開いているのが味方の騎馬の隙間に見えた。

「なぜ声だけで……」

「その反応は当たりか。声に聞き覚えがあると言ったのは嘘だ。俺を暗殺してもその後、辺境伯は潰され独立は叶わない。それがわからないほど愚かではないだろう。とすれば強力な味方がいるはず。財も他貴族を従わせる権力もある者だ。なおかつ俺に恨みがあり、辺境伯をそそのかすことができ、あわよくば政権を転覆させて自分が操りやすい者を国王に据えようと考える有力者が。ハイゼンしかいない」

クララはつい先ほどアドルディオンから説明されたことを思い出していた。

辺境伯だけで独立戦争を仕掛けるのは無謀なので、この視察では危険がないと判断したという話だった。

『読み違えた』と言ったのは、ハイゼン公爵と結託《けったく》していたことだろう。

真夏に王太子から謹慎を言い渡された公爵は、まだ政界に復帰していない。許されるまで領地で大人しくしているのではなく、恨みを晴らすべく画策していたようだ。

『後悔なさいませんように』

応接室を出ていく際の公爵の不気味な笑みを思い出し、今さらながら青ざめた。

ハイゼン公爵が黒幕だと暴いても、アドルディオンの冷静な口調と表情は変わらない。

「その仮面の意味は公爵家の傭兵だと悟られないためか？　悪いが傭兵ひとりひとりの顔まで覚えていない。余計な仮面をつけさせたせいで俺に考えを読まれるとは、ハイゼンは愚かだ」

黒幕である自分の存在を知られたくなかったということは、ハイゼン公爵が奇襲の失敗を想定しているのだと夫が説明する。

「俺を暗殺できる可能性に賭けただけのお粗末な奇襲作戦だ」

「なに？」

「軍事訓練された傭兵は十人ほどで、あとはかき集めたごろつきか。そうだろうな。ハイゼン家は軍に見張らせている。大勢の傭兵をこの地に送ろうとすれば気づかれるのは必至。十人が限界だったのか。こちらは国軍の精鋭ぞろいが二十人で、お前たちの使える兵は十人。分が悪いのはどちらだ？」

アドルディオンの指摘で気づいたが、敵兵の服装には違いがある。

前にいる十人ほどは揃いの兵服姿だが、それより後ろの者たちは様々な平服で顔つきもへらへらと小悪党といった風貌である。

「お前は捨て駒にされたんだ。憐れだな」

（絶体絶命のピンチではない……？）

こちらが追い詰められていたはずなのに、いつの間にか立場が逆転していた。

普段口数の少ない夫の巧みな話術に舌を巻く思いがした。

それも王太子として多くの重要な交渉に挑んできたからこそ、身に着けられたものなのだろう。

「少人数での出兵命令に、お前も薄々気づいただろう。勝ち目はないと。なぜ逃げなかった？成功後にどんな報酬を約束されたんだ」

敵将がかすれた声でなにかを呟いた。

(『家族が……』と言ったの？)

彼は家族に関して公爵に弱みを握られているのかもしれない。

母の治療費と引き換えに貴族になったクララは他人事に思えず同情した。

アドルディオンはここぞとばかりに語気を強める。

「俺は九年前、ハイゼンに騙され地獄を見た。お前は騙されるな」

その地獄とは、クララの死についてだろう。

少年時代のアドルディオンは少女の亡骸を確認したと公爵に報告されたが、実際は捜索すらしていなかったと思われる。

公爵にとって平民の命は虫けらなのか。それとも当時から娘を王太子妃にしようと考えていたのなら、村娘に懸想《けそう》されては困ると思ったのかもしれない。

「こちらにつけ。お前の望みを俺が叶えてやる」

堂々としたアドルディオンの声に敵将の剣が下がっていく。

しかし邪念を振り払おうとするかのように仮面を脱ぎ捨てると、馬を進めて斬りかかってきた。

「もう手遅れなんだ。やらなければ妻の命はない！」

（人質に取られているの？）

甲高い金属音が木々に反響し、クララはビクッと肩を揺らした。

寝返らせることができずため息をついた夫は、交渉していた時と雰囲気をがらりと変えて射殺しそうな鋭い視線を敵将に向けた。

「ならばお前は、お前の妻のために戦えばいい。俺も戦う。俺の妻と国を守るために」

愛情を感じさせる言葉にときめいてしまったが、そのような場合ではなかった。

前方の騎馬が剣を交えており、敵兵がひとり倒されるとすぐに後方の馬が出てまた斬り合う。

「殿下、港の方角に潜んでいた歩兵集団がこちらに向かってきます。いかがなさいますか？」

後方を見張っていた官人に言われて振り向くと、まだかなり距離はあるが黒い服装の軍勢がひと固まりとなって駆けてくる。五十人ほどはいるだろう。

（船で先回りした辺境伯の傭兵ね。ごろつきではなく傭兵ということは……）

訓練された兵が前方に十人ほどと、後方に五十人。

絶体絶命の危機が再び訪れようとしており、クララは激しく動揺した。

（アドだけは守らないと）

彼以外に王子はいないので、命を落とせば国は大混乱に陥るだろう。

それは避けなければという思いは妃としてのものだが、妻としてはただ愛する夫の命を救いたい。

（でも私では戦力になれない。どうすれば……）

腰のサーベルを抜いたアドルディオンに手綱を渡された。

「クララ、よく聞け。護衛が前方の敵を食い止めている間に、君は馬で逆方向へ逃げろ。追手がいないか確認し、村人に匿《かくま》ってもらうんだ」

「アドは？」

「兵が足りない。俺は後方の敵と戦う」

（そんな……！）

今生の別れになる予感にアドルディオンのジャケットを掴むと、力いっぱい頭を押し下げられた。

頭上で金属音がして、馬の足元に手刀が突き刺さる。

敵兵は投擲《とうてき》武器も隠していたようで、彼が弾いてくれなければ怪我ではすまなかっただろう。

（離れたくないと駄々をこねている暇はない。でも私ひとりだけ村人に助けてもらうのは嫌。村人？　そうだ！）

手刀を警戒して馬を降りられずにいるアドルディオンに早口で言う。

「馬を降りてみんなで森へ逃げよう」

「隠れるしか方法のない作戦はダメだ。数の差が優位に出る。援軍を送り込まれたら包囲され出ることができない」

「大丈夫。ゼフリーさんが助けてくれるわ。森の中で炭焼きの仕事をしているおじいさんよ」

夫はすぐには頷いてくれない。近侍のように長年政務を補佐してきたわけではないのだから、妻の提案にのっていいのかと迷っても致し方ない。

老爺ひとりでどうやって助けるのかと疑問にも思うだろう。

詳しく聞きたそうだが、後方の敵が迫っているため時間はなかった。

「策があるんだな？」

「うん。絶対にみんな助かるわ」

自信を持って答えると、アドルディオンが真顔で頷いた。

「クララを信じる」

そう言うや否や、すばやく周囲の状況を確認して味方に命じる。

「全員、馬を降り森の中へ退避せよ。俺について走れ」

森の入口はすぐそこにあり、馬を放した視察隊二十五人が駆け込んだ。

（もっと走りやすい恰好でくればよかった）

編み上げのブーツはヒールが高く、ドレスの裾が足にまとわりついて邪魔である。

それでも並みの貴族令嬢では到底無理な速度で森の中を駆け抜ける。

深い森の中でクララが先導しなければゼフリーの炭焼き小屋までたどり着けないからだ。

後ろに剣の交わる音が聞こえないので、敵に追いつかれてはいない様子。

もしかすると敵兵は騎馬のままで追ってこようとして、生い茂る木々に阻まれているのかもしれない。

この森を身近に感じて生活していない者は、馬ではうまく進めないとわからないのだ。

薄暗い森の奥深く、道なき道を十分ほど走り続けると、突然視界が開けた。

木々が丸く切り開かれたような空間には日が差し込み、粗末な炭焼き小屋とレンガや土を固めて作った大きなかまどを照らしていた。

「全員いるな？」

「はい。二十五名おります」

アドルディオンも護衛兵も平気そうだが、訓練していない官人の男性三人は返事ができないほど息を乱していた。

彼らよりは早く呼吸を整えたクララに、官人たちは感心の目を向けている。

不思議そうにしないのは、王太子妃がこの村の出自だとすでにわかっているからに違いない。

親しげに村人と話し、森も熟知しているのだから気づかないわけがないのだ。

村人と交流する妻を見せても大丈夫だとアドルディオンが判断したのは、腹心の臣下ばかりだからだろう。

ひとりも欠けずにここまで来られたことにホッとしたクララは、すぐに炭焼き小屋の戸を叩いた。

「ゼフリーさん、ゼフリーさん！」

数秒してガタガタと扉が開き、白い顎髭《あごひげ》を長く伸ばした小柄で細身の老爺が現れた。

煤《すす》けた木綿のシャツとつぎはぎのズボン、ハンチング帽をかぶっている。

その姿は村を出た二年ほど前、いやクララの記憶にある限りずっと前からなにも変わらない。

「おや、クララか。久しぶりじゃの。お母さんの病はよくなったのか？」

「うん。まだ入院中だけどよくなってきているわ。あのね、今日は――」

「昨日かまどに火を入れたんじゃ。炭が焼き上がるまであと二日かかる。その頃に手伝いに来ておくれ」

「ごめんなさい。今日はお手伝いに来たわけじゃないの。私、王太子妃をしていて、それで今、敵に追われているの。お願い助けて」

「ほう、ほう。童話みたいな話じゃのう」

アドルディオンと従者たちが後ろで会話を聞いており、のんきに笑う老爺に信用のない視線が注がれていた。

『この爺さんがどうやって助けるというんだ』

そのような声が聞こえてきそうな気がする。

しかしゼフリーは見た目よりも機敏に動いて、小屋の裏に一堂を連れていった。

そこには薪が山のように積まれていて、その一角を崩し始める。

クララはすぐに一緒に薪をどけ始め、アドルディオンも手を貸した。

他の者たちは意味がわからないと言いたげな表情で傍観している。

「ほれ、若いの、お前さんたちも手伝わんか。逃げたいんじゃろ?」

ハッとしたように護衛兵たちが慌てて薪を運ぶと、地面に現れたのは四角い鉄の扉だ。

設置されたのはかなり昔と見られ、元の色がわからないほど錆びている。

ゼフリーに指示されて護衛兵が重たい扉を開けると、中はトンネルが掘られていた。

「数百年前はこの辺りの国境線があいまいで、辺境伯領は領地をめぐる争いにたびたび巻き込まれていたんじゃ。これは昔の村人が戦闘から逃れるために造った抜け道。村の中心部からここまで伸びている。森には悪魔が住んでいるから入ってはいかんという言い伝えもな、戦から逃れて森に隠れた村人を守るために作られた話なんじゃ」

(そうだったの)

子供の頃から炭焼きを手伝っていたクララは抜け道の存在を聞かされたことがあって、それを思い出したからゼフリーを頼った。

けれども悪魔が住むという言い伝えが生まれた理由は誤解していた。

幼い頃は本気で悪魔の存在を信じ、成長してからは子供や旅人が深い森で迷わないよう案内なくして入るなという意味かと思っていたのだ。

「一本道じゃから迷うことはない。突き当りの扉を押し開けなさい」

ゼフリーがオイルランプをひとつ持たせてくれて、護衛兵三人が確認のために先にはしごを下りた。

続いてクララがはしごに足をかける。

「ゼフリーさん、ありがとう。いつか恩返しにくるわ」

「そんなのいらんよ。クララには炭運びを何度も手伝ってもらったからの。無事に王都へ戻れるのを祈っておる」

血縁の祖父には会ったことがないので、クララにとってはゼフリーがそのような存在だ。森に住む動物の習性や食べられる野草や木の実、毒のあるきのこなどの見分け方も教えてもらった。

楽しい思い出が蘇り、もう少しここにいたくなるのを我慢してはしごを下りる。

その後はアドルディオンだ。

「クララの夫はあんたかい？　この子はいい子じゃ。幸せにしてやっておくれ」

官人が焦り顔で無礼だと言おうとしているが、それを制した夫がゼフリーに頭を下げた。

「必ず幸せにします」

二十五人全員がはしごを下りて鉄の扉が戻された。

トンネルの中は漆喰で固められているものの、湿り気があってカビ臭く、肌寒くもあり長居はしたくない。

しかしランプひとつなので明かりが足りず、一行は暗さに目が慣れるまでその場に足を止めていた。

薪を落とす音が頭上に響く。ゼフリーが元通りに扉を隠そうとしてくれているようだ。

とりあえずの命の危機は脱してホッとしたのも束の間で、地上に追手の声がして息をひそめた。

抱き寄せてくれるアドルディオンの胸からも、やや速い鼓動が聞こえる。

「炭焼きの老爺、王太子の視察隊がここへ来なかったか？」

「ほう、森の中まで客が来るとは珍しい。炭なら小屋の中にたんと入っておる。好きなだけ持っていけ。料金は払ってもらうがの」

「炭を買いにきたわけではない。王太子を捜している。聞こえないのか？」

「ほうほう、探し物とな。なにを落としたんじゃ？」

ゼフリーは七十歳を優に超えているが耳は遠くない。

会話がしにくいふりをして時間稼ぎをしてくれているようだ。

「話にならん」

「これ、どこに行くんじゃ。お前さんが崩した薪を片づけてからにしてくれんかのう」

「最初から崩れていただろ。聞こえが悪いのではなくもうろくしているのか。構っていられん。おい、辺境伯の兵よ、領主に増軍の連絡を。村の出入口を封鎖してから森を捜索する。森で見つからなければ村中をくまなく捜索しなければ」

やっと目が慣れてきたので一行は足音を忍ばせて奥へとトンネルを進む。

地上の声が聞こえなくなってから、夫と国軍大将がヒソヒソと相談を始める。

「殿下、先ほどの会話を聞く限り、陸路で辺境伯領を脱出するのは難しいと思われます」

「そうだな。海しかあるまい。クララ、船を出してくれる知り合いはいないか？」

「漁港で働いていた時に漁師さんたちと仲よくしていたわ。お願いしてみる」

役立てるのが嬉しくて張りきって答えてから、従者たちの反応を気にした。

（もうバレていると思うけど、出自を偽っていたのに堂々としていてはいけないわよね。少しは隠そうとした方がよかったかも……）

「色々と驚かせてすみません」

真後ろを進む国軍大将の顔色を窺うと、やや強面《こわもて》の目が細められた。

「妃殿下がお謝りになる必要はなにひとつございません。敵兵に囲まれながらも聡明で勇敢なご提案をくださいました。それを殿下がご英断くださいまして、我らはひとりも欠けることなくここにおります。我ら国軍兵士は王太子殿下ご夫妻に今後も変わらぬ忠誠を誓います」

他の兵士も頷いており、官人からも声があがる。

「私どもも同意見でございます。村人と心を通わせる妃殿下を非難する者は隊の中におりません。誰にでも分け隔てなくお優しいあなた様は、誰より素晴らしいお妃様にございます」

「皆さん、ありがとうございます……」

涙が出そうなほど嬉しくて言葉に詰まり、お礼を言うのが精一杯だ。

夫に肩を抱かれてその顔を見ると、暗がりの中でも微笑んでいるのがわかった。

「胸を張れ。君は俺の誇れる妃だ」

ずっと引きずっていた本物の貴族令嬢ではないという後ろめたさがスッと消え、心が急に軽くなる。

(村娘が王太子妃になってもいいんだわ)

アドルディオンに言われた通りに胸を張り、「はい」と笑顔で頷いた。

先に行くほどトンネルは細くなり、腰を屈めるようにして進むこと二十分ほどで行き止まりにぶつかった。

上に竪穴が伸びてはしごもあり、ここが出口のようだ。

鉄の扉ではなく木製の一枚板が蓋のようにはめられていて、わずかな隙間から地上の光が漏れている。

先頭の兵士がはしごに手をかけるのを見てクララが止めた。

「外の人を驚かせてしまうと思うので、私を先に上らせてください」

身軽にはしごを上るクララにアドルディオンが声をかける。

「どこに繋がっているんだ？」

「たぶん教会よ」

村にひとつしかない小さな教会は村人の憩いの場である。

日曜の朝に礼拝が行われ、子供たちはパンや素朴な焼き菓子をもらえた。

収穫祭やノエルは教会を飾りつけ、子供劇を練習して楽しかった思い出がある。

七十歳近い神父はいつも穏やかで優しく、皆に慕われていた。

『たぶん』と言ったのは、教会に抜け道の扉があると誰かから教わったわけではないからだ。

礼拝堂の祭壇の一角にそこだけ木目が違う正方形の板がはめ込まれていたのを思い出し、脳裏に幼い日の神父との会話が蘇った。

『神父様、あそこだけ板が違うのはどうして？　ぴょんぴょんしたら音が響くの。下にはなにがあるの？』

『飛び跳ねてはいかんよ。板が壊れて怪我をしては大変だ。あそこはな、村人を守ってくれるいにしえの知恵が眠っているんだよ。いつか役立つ時がくるかもしれないから大事にしておくれ』

あの時は意味がわからなかったが、怪我をすると言われて怖いと感じたため記憶に残っていたのだ。

はしごを上りきり、片手で板を力いっぱい押す。

分厚く重たいので頭まで使って持ち上げ横にずらすと、地上の眩しさに目がくらんだ。

驚いたような懐かしい声が近くにする。

「扉が開いた？　お前さんは……クララか！」

「神父様、お久しぶりです。驚かせてごめんなさい」

目が光に慣れてくると、祭壇と木製のベンチが八つあるだけの小さな礼拝堂内が見えた。

今は礼拝中ではなく、黒い司祭服を着た神父しかいないようだ。

記憶にあるものとなにひとつ変わっておらず、ホッとする。

掃除中のほうきを置いて駆け寄った神父が、穴から出るのに手を貸してくれた。

「実は私――」

事情を話そうとすると、先に言われる。

「さっきエバンズさんが来てな、クララが王太子妃になったと知らせてくれたんだ。きっと村中、その話で持ちきりだろう」

噂の広まる速さに驚いていると、皺だらけの優しい手で頭を撫でられた。

「ようやく苦労が報われたと皆が喜んでいる。わしも嬉しい。クレアとクララが無事でいるようにと毎日祈っておったのだよ」

「神父様……」

村を出ていっても変わらず心配してくれていたと知り、感謝が込み上げる。

母の回復や村を出てからなにがあったのかを詳しく報告したいところだが、今は時間がない。

「地下に視察隊の皆さんがいます。辺境伯とハイゼン公爵が手を組んで、王太子殿下を――私の夫を亡き者にしようとしているんです。道は封鎖されているので村を出るには船が必要です。お願いです、力を貸してください」

「領主様の傭兵が大勢でやってきたとも聞いたが、そうだったのか。事情はわかった。力になろう」

クララが声をかけると全員がすぐにはしごを上ってきた。

礼拝堂のドアにカギをかけた神父が、アドルディオンの前に立って頭を下げる。

「このような辺鄙《へんぴ》な村へようこそお越しくださいました。と言っている場合ではございませんな。船をご所望と聞きました。私から漁師に頼みましょう」

間に神父が入ってくれるなら、断る漁師はいないだろう。

漁港で働いていたので漁師たちとは知り合いだが、中には気性の荒い者もいた。

不漁の時は不機嫌で、うっかり前を横切り『ガキがうろちょろすんな』と怒られたこともあった。

村を出ていったよそ者なのだから迷惑をかけるなと言われる可能性も頭をよぎったので、神父の協力は心強い。

「漁船には四、五人しか乗れないので数が必要ですな。クララ、わしは漁師たちの家を回って頼んでくるから、鍵をかけて待っていなさい」

ドアへ向かおうとする神父をアドルディオンが止めた。

ホッとしているクララとは違い、その目つきは鋭い。

「お待ちください。失礼ながら、あなたは先ほど妻との会話中に〝領主様〟と言いました。協力を約束しておきながら辺境伯に知らせるつもりでは？」

「アド⁉」

どこをどう見ても好々爺《こうこうや》の神父である。

なぜ信じないのかわからず夫の腕を掴み、首を横に振った。

神父は足を止めて振り返ると、大きく頷く。目尻に皺を寄せて微笑んでおり、失礼な疑いにも少しも腹を立てていないようだ。

「辺境伯領に住む者のほとんどが領主様と呼んでいます。クララもそうだったのではありませんか？　それだけの理由です。私は神に祈りを捧げる身ですので、領主に仕えているつもりはありません。ご安心ください」

アドルディオンの表情は緩んだが、まだ完全には納得していない様子で厳しい視線を向けている。

神父が続ける。

「果実や小麦が不作の年や不漁が続いた時、これまで何度も村人の生活を助けてくれるよう領主様にお願いしてまいりました。しかし陳情はいつもはねつけられ納税額は上がるばかり。辺境伯領の神父ならば領主の味方をすると思われるかもしれませんが、私はクララを守りたいのです」

「神父様……」

鼻の奥がツンとして、涙をこらえる。

「礼拝で子供らにパンや菓子を配る時、数が足りないことがございました。すると自分も腹を空かせているはずなのに、この子は他の子供を優先するのです。教会の手伝いもいつも率先してやってくれました。クララは優しい子です。王太子殿下だからではなく、クララを妻に選ばれた方だから、私はあなた様も助けます」

言い終えて温かな眼差しを向けてくれる神父に、アドルディオンは今度こそ完全に疑いを解いたようだ。

「神職と領主は距離が近い。経験上、疑う癖がついているのです。失礼な発言をお許しください」

「わかっております。あなた様の並々ならぬ苦難多き人生からくる懸念だと。では、しばしお待ちください。必ず船をご用意いたします」

一礼して神父が出ていき、クララは頬を膨らませて夫と向かい合う。

「慎重になるのはわかるけど、神父様は大丈夫よ。村の人もきっと力を貸してくれる。ここで生まれ育った私が言うんだから信じて」

「すまなかった。正直に言うとゼフリーさんも疑っていた。老爺がどうやって助けるのかという意味でだが」

「ゼフリーさんは誰よりあの森を知っているわ。頼りになる人よ。信じていなかったなんて」

「クララを信じて行動しただけで村人は疑っていた。今後は信じる努力をしよう。俺はまた君から大切な教えを授かったな。九年前と同じだ」

少女時代に自分がなにを教えたのかわからないが、きっと些細なことだろう。

今でも覚えていてくれる彼の清々しい笑みに胸が熱くなる。

たった三日間を一緒に過ごしただけなのに、愛してもらえた理由がわかったような気がしていた。

護衛兵が鍵をかけたドアの前を見張っている。

高い位置にある窓から中は覗けないと思うが、そこも警戒してくれていた。

秋の日が差し込む礼拝堂で、夫婦は静かに見つめ合う。

（九年前を思い出したい。そうすればもっと心を通わせることができるのに……）

じれったい思いで心を覗いても、眠りについている記憶の扉が開くことはなかった。

日が沈み、村は暗闇の中だ。

外灯は一本もなく、ポツポツと点在する家々のランプの明かりが雨戸の隙間から漏れるのみ。

王都に比べると、村の夜はかなり暗い。

雨戸をガタガタと揺らす海風の音に、獣の咆哮《ほうこう》が交ざる。

(怖い……)

そう思うのは村の夜ではなく、いつ敵兵に見つかるかとヒヤヒヤしているせいだ。

ここはガスパロという漁師の家で、王太子夫妻と国軍大将と護衛兵、計五人が匿われている。

視察隊は五人ずつ五組に分かれ、それぞれ別の漁師の家で息をひそめ、示し合わせた出航時間を待っていた。

今は二十時を回ったくらいだろうか。

つい先ほど辺境伯の傭兵がやってきて、家の中まで調べていった。

屋根裏に隠れて見つからずにすんだが、すでに森の捜索は終え、村の家々にまで範囲を広げていると知り恐怖している。

村人たちの平穏を壊してしまい、申し訳なさで胸も痛い。

クララの気持ちを読んでくれたからか、アドルディオンがずっと肩を抱いてくれている。

狭い寝室に五人で身をひそめていると、静かにドアが開いてガスパロが食事を持ってきてくれた。

「腹減っただろ」

裏返した木箱の上に置かれたのは、郷土料理の魚介のスープと素朴な塩パンだ。

ガスパロは四十歳の腕利きの漁師で、がっしりした体形で濃い口髭を蓄えている。

子供の頃にクララを『ガキがうろちょろすんな』と叱りつけた人だ。

若干の苦手意識を持っていたが、それは日が沈むのを待ってここに移動した時に消えてなくなった。

『王太子妃とは随分偉くなっちまって。だが顔は俺らがよく知っているクララのままだ。よく帰ってきたな』

そう言って目を細めて抱きしめてくれたのだ。

『あんたが王太子殿下か？　言葉遣いがなってなくてすまねぇ。田舎者だから勘弁してくんな。必ず無事に逃がしてやるから心配いらねぇ』

荒っぽい口調で強面だから怖い人だと思っていたが、振り返ってみれば怒鳴られたあの時にガスパロは重たい蛸壺《たこつぼ》や先のとがった銛《もり》を抱えていた。

前を横切ったクララが危ないと思ったから叱ってくれたのだろう。

過去を含め、クララはガスパロの優しさに感謝した。

「ガスパロさん、食事までありがとう」

「作ったのは母ちゃんだ。お代わりもあるってよ。温かいうちに食え」

床に座っての食事に文句を言う者はいない。

「美味しい」

濃厚な旨味が口いっぱいに広がり、久しぶりの故郷の味に心まで温まる。

ガスパロは部屋を出ていかずそばにしゃがんでおり、国軍大将が声を潜めて問いかける。

「出航は夜明け前と言っていたが、早められないのか？　夜の闇に紛れて船を出した方が安全に思えるのだが」

「バカ言うな。村に灯台はねぇ。真夜中に船を出せば岩礁にぶつかるかもしれん。この辺りの海岸線は入り組んで、海底もでこぼこなんだよ。海をなめるな。それにいつもと違う時間に船を出して万が一見つかったら、なんて言い訳する？　海については俺らに任せて、素人は黙って飯を食え」

（ガスパロさん、言い方が……）

国軍大将は普段命令する立場にいるせいかプライドが高いようだ。バカにされたと思い目をつり上げている。

ガスパロはいつもこういう口調で決して悪気はないのだが、どう説明していいのかとクララは焦る。

するとアドルディオンが落ち着いた声で口を挟んだ。

「出航時間についてはあなたに任せる。此度の協力には感謝しかない。奥方にもお礼を伝えてくれないか。心温まる美味しいスープをありがとうと」

ガスパロが鼻の下をこすって照れくさそうにへヘッと笑った。

「奥方だってよ。上品な言い方されたら調子が狂っちまう。スープを褒めてくれてありがとよ。母ちゃんが大喜びするわ。腹が減っては戦はできねぇって言うからな。腹いっぱいにしてくれや」

強面の顔で目を弓なりにするガスパロを見たのはクララも初めてである。

自分より妻を褒められて喜ぶ彼の人柄のよさが伝わり、国軍大将は怒りをおさめた様子だ。

(アドはきっと、すべてお見通しで奥さんを褒めたのね)

冷静な判断と対処ができる夫を尊敬し視線を合わせれば、笑みを返してくれた。

「美味しいな」

「うん」

「九年前はクララがこのスープを出してくれた。城に帰還したらまた作ってくれないか？」

「もちろんよ」

そのためには生きて戻らなければ。

無事に辺境伯領を出られるようにと願いながらスプーンを口に運んだ。

夜明けの三十分前になり、クララたち五人はガスパロについて海へ向かう。

他の漁師に匿われている視察隊も動いていることだろう。

村には中型商船も泊まれる整備された港がある。

そちらは見張りの目が厳しいと思われるため、小型漁船しか利用できない自然のままの入り江から出航する話になっていた。

東の空はうっすら白んできたが辺りはまだ夜の様相で、手を握ってくれているアドルディオンの顔も見えない。

傭兵に見つからないように足音に気をつけ、やっと波音を聞いた。

周囲を警戒してから、ガスパロが自分の船につるしてあるランプに火を入れる。

すると拳大の石がごろごろした海岸と打ち寄せる波、三隻の小型漁船が暗がりに浮かび上がった。

どの船も使い込まれて塗装がはげ、たたまれている帆は汚れて黒ずんでいた。

残っている船を数えてガスパロが言う。

「他の連中はもう海に出たみてぇだ」

クララはホッとしたが、アドルディオンも護衛兵たちも浮かない顔をしていた。

彼らにとっての船のイメージはきっと、立派な商船や軍艦なのだろう。古い小型漁船で海に出る漁師を見慣れているクララとは違い、転覆しないかと心配そうだ。

「早く乗れ。漁具の陰に隠れてこの毛布をかぶってろ」

乗らないという選択肢はなく、皆が言われた通りにする。

ガスパロが係留ロープを外して船体を海へ押し出そうとしたら、「待て！」と怒鳴るような声をかけられた。

クララは毛布の下で、船につるしているランプ以外の明かりを感じた。

（傭兵だ。見つかってしまった……）

息をひそめて様子を窺う。緊張と恐怖で震え出した手をアドルディオンが握ってくれても、鼓動が嫌な音で鳴り立てた。

（ガスパロさん、お願い）

傭兵の人数はわからないが、複数人の声が聞こえる。

「村男か。なにをやっている」

「見ればわかるだろ。今朝の漁に出るところだよ」

「日も上らないうちにか」

「なに言ってやがる。明るくなってから船を出して魚が獲れると思うのか？　漁師はいつも夜明けの少し前に海に出てんだよ。なんも知らねぇんだな。仕事の邪魔だ。どいてくれ」

船体がガタンと音を立てて動き、ゆらゆらと波に揺れたかと思ったら、一気に加速する推進力を感じた。

「船の中を確認させろ。こら、待てと言っているのが聞こえないのか！」

「怪しい船だ。至急捜索部隊長に連絡を！」

「気づかれたか。だが海に出ちまえばこっちのもんよ。追い風にのって一気に隣の領地まで行くぜ」

傭兵たちの声が遠ざかり、顔を出していいとガスパロに言われて毛布の下から出た。

帆が風を受けてぐんぐん速度が上がり、故郷の陸地が小さくなっていく。

「小さな船でこの安定感。大した腕前だ」

国軍大将の言葉に、船尾で舵を取っているガスパロが鼻を鳴らす。

「当たり前のこと言ってんじゃねぇ。こっちはガキの頃から波と闘って生きてんだ」

「そうか。歴戦の漁師に失礼な褒め方をした。今後、魚料理を食べる時には、まず漁師に感謝しよう」

「面倒くせぇ野郎だな。うまけりゃそれでいいんだよ」

陸は完全に見えなくなり、どこを見ても海ばかり。

ここまでくれば追いつかれる心配はない。

主君を守れた安堵感からか国軍大将は饒舌で、武骨なガスパロとのおかしな会話に護衛兵ふたりが笑うのをこらえていた。

潮風に髪をなびかせるクララはアドルディオンと並び、見えなくなった故郷の方を静かに見ていた。

（村のみんなはどうなるのだろう。私が帰郷したことで迷惑をかけてしまった）

炭焼き小屋のゼフリーに教会の神父、漁師たち。クララが会えなかった村人の家でも匿っていないか捜索されたと思われ、申し訳なさに胸が痛い。

特に傭兵の制止を振り切って出航したガスパロは脱出に協力したとみなされ、村に戻れば辺境伯から処罰を受ける恐れもある。

「ガスパロさんは村に戻るの？」

眉尻を下げて問いかければ、一拍の沈黙の後に投げやりな返事をされる。

「戻らないわけにいかねぇ。母ちゃんとガキどもがいるからな。後のことは知らん。なるようにしかならねぇだろ」

「巻き込んでごめんなさい……」

風に消え入りそうな声で謝れば、船の縁を掴む手に夫の手がかぶさった。

「不安に思わなくていい。脱出に協力してくれた村民に危害が及ばないよう、隣接領に入港次第、早馬を出して王都の兵をこちらに早急に向かわせる。ケドラー辺境伯とハイゼン公爵の身柄を拘束するよう命じ、この地は当分の間、中央政府の管理下におく」

（それならガスパロさんや村のみんながお咎めを受ける心配はないわ！）

村の平穏な暮らしは今後も変わらない。

心からホッとして笑みを浮かべ、アドルディオンの頼もしさに頬を染めた。

ガスパロも安心したのか、強面の口元がほんの少し緩んだ。

「命令ひとつで領主様を拘束か。王太子っていうのはすげぇ力を持ってんだな。恐れ入った。お、向こうから商船が来る」

ガスパロの視線を追って皆が前方の海を見た。

夜明け間近で辺りはほんのり明るくなり、遠くに小さく船影が見える。

これからサンターニュに入港する中型商船だとガスパロが教えてくれた。

彼の声が急に低くなる。

「あの船は領主様の交易船で隣国との間を行き来してんだ。こっちからは小麦と果実とワイン、海産物を積んでいき、あっちからは金塊だ。見たわけじゃねぇけど、港の酒場で商船の船乗りが秘密を漏らしてた」

金塊と聞いた途端にアドルディオンの目が険しくなる。

「ケドラー辺境伯の輸入品目に金の申告はない」

「やっぱり密輸か。関税逃れで大儲けってやつだな。俺たち領民への課税額は年々上げられてるってぇのによ。領主様はそんなに金持ちになりてぇのか」

ガスパロのぼやきは、領主の強欲さを明らかにするというちっぽけなものではすまない。

国家にとっての重罪、反逆の証拠だ。

視察中に辺境伯の歴代の悲願について夫から聞かされていたため、クララにもわかった。

「独立戦争を起こそうとしているの？」

大量の武器を買い、大勢の傭兵を雇って領地の護りを厚くする。

戦争を起こすには多額の資金が必要だからだ。

「正しくは〝していた〟だろう」とアドルディオンが訂正する。

「ハイゼンから王太子暗殺を提案されるまでは。俺を事故死として葬り、次の国王をハイゼンが選んで意のままに操る。新国王に辺境伯領の独立を承認させると言われたのだろう。おそらくは辺境伯も騙されている」

王太子暗殺の罪を辺境伯ひとりに負わせて消した方が、ハイゼン公爵には都合がいい。

自分が関与していると知る者がいなくなるからだ。

王家には古くから忠誠を誓ってくれる味方の貴族が多くいる。

その者たち全員を敵に回せば、権力ある公爵といえども無事でいられないだろう。

これは暗殺に成功した場合の公爵の筋書きで、失敗した場合もやはり辺境伯ひとりのせいにして自分は無関係を装うつもりだったに違いない。

あらためて悪逆非道なハイゼン公爵の企みに恐怖した。

「サンターニュ港の商船の荷も検《あらた》めるよう命じる。貴重な情報に感謝する」

公爵への怒りは相当だと思うがそれを顔に出さず、夫はどこまでも冷静だ。

ガスパロが初めて眉尻を下げ、弱気な口調になる。

「俺たちは魚を獲ったりブドウを育てたりして、ささやかに暮らしてぇのよ。独立国家も戦争も望んでねぇ。殿下、なんとかしてくれ」

「ああ。傭兵とは戦わねばならないだろうが、一気に攻勢をかけて早期に降伏させる。その後はこの地の平和を守り、領民が安心して穏やかに暮らせるよう約束しよう」

「助けたつもりでいたが、俺らは窮地《きゅうち》を救われたってことか。王太子殿下があんたでよかった。ありがとよ」

言い慣れない様子で照れくさそうにお礼を述べたガスパロの視線がクララに向いた。

よく叱られていた子供の頃のように、つい身構えてしまうと、ガスパロの目が優しく細められた。

「殿下に頼みついでに、もうひとつ。どうかクララをずっと大事にしてくんな。この子は苦労人だ。小さな体で魚の入った重たいバケツを運んでたんだよ。それでも弱音も恨み言も吐かず、いつも笑ってたんだ。俺らはみんなクララが好きで、家族みたいに思ってる。働き者の娘には幸せになってもらいてぇ」

「ガスパロさん……！」

エバンズ一家にゼフリーと神父、ブドウ農園主の夫婦や漁港で働くみんな、今までお世話になった村人の顔が次々と思い出され、貧しくても村人たちに可愛がられてきたのだと喜びを噛みしめる。

あふれそうな涙はアドルディオンが人差し指で拭ってくれた。

「怖い思いをさせてすまなかったが、サンターニュ村に来たのを後悔してはいない。君をより深く知ることができたからだ。皆に愛されるクララを誇りに思う」

「アド……」

嬉しい言葉と頬に触れる大きな手に鼓動が高鳴った。

涼やかな目元を優しく細めた彼が、声に甘さを含ませる。

「必ず君を幸せにすると、この海に誓う」

頬が熱くてたまらない。

ときめきは最高潮に高まり、抱きつきたい衝動を抑えるのに苦労する。

「私はすでに幸せです」

愛しい人に愛されて、幸せでないはずがない。

「謙虚だな。ならば今以上の幸福を君に。約束だ」

「はい」

いつの間にか辺りはすっかり明るくなっていた。

清々しく新鮮な朝陽が海面を輝かせ、胸に提げているカフスボタンのように青く透き通っていた。

念願だった故郷の海の色を眺めてアドルディオンに寄り添う。

するとガスパロの舌打ちが聞こえた。

「来やがった」

文句を言った相手は敵兵ではなく、イルカの群れだ。

十頭ほどが船と並行して水面を跳ねるように泳いでいる。

漁船は見慣れていても船に乗るのは初めてで、こんなに間近にイルカを見たことはない。

クララは歓声を上げ、アドルディオンと護衛兵たちは珍しそうにしているが、ガスパロだけは迷惑そうだ。

「こいつら船と遊んでんだ。漁を邪魔されたこともある。飽きたら勝手にいなくなるけど、濡れねぇように気をつけな」

注意されたその直後、一頭のイルカが高くジャンプして大きな水飛沫が上がった。

海水をまともに浴びてしまわないようガスパロ以外の皆が一斉に動いたため、小さな船体が大きく揺れる。

華奢なクララは体勢を崩し、慌てて船の縁に手を伸ばしたが掴めない。

海面へと傾く体は、素早く腰に回されたアドルディオンの腕により引き戻された。

驚いたけれど落水するという焦りはなかった。夫が助けてくれると信じているからだ。

（もう怖がらなくていい。あの時みたいに落ちたりしないから。ん？　あの時って——）

イルカが舞い上げた海水の玉が、朝陽を浴びてキラキラと降り注ぐ。

いくつもの美しい透明な玉に、粗末なワンピース姿の少女と身なりのいい銀髪の少年が映って見えた。

（大変。あのままじゃ振り落とされて怪我ですまないわ！）

少年を助けようと暴れ馬に飛び乗った時の気持ちが蘇り――。

（いた！　よかった。帰っちゃったかもって少しだけ思ってた。小魚をいっぱいもらったから美味しいスープを食べてもらわないと）

漁港での仕事を終えて帰宅すると、少年が待っていてくれて嬉しかった思い出も戻ってきた。

（アドってすごいのね。先生みたい。ずっとここにいてくれないかな。そうしたら学校に行けなくても賢くなれるわ）

夜は勉強を教えてくれて学ぶ楽しさを知り、別れの前夜には――。

（海みたいに青い宝石。すごく嬉しいけど、本当は宝石より私のそばにいてほしい。家に帰ったらアドは私のこと忘れてしまうのかな）

寂しいけれど少年を待つ家族がいると思えば引き留められず、対で渡されたカフスボタンの片方に『私を忘れないで』という願いを込めて返した。

ついに来た別れの朝は、無理を言って途中までついていった。

そこで思いがけず将来を約束されてすごく驚いたのも思い出した。

『必ず迎えに来るから信じて待っていてくれ。クララを俺の妃にすると決めたんだ』

『妃って、お嫁さんのこと?』

『そうだよ』

『私がアドのお嫁さんに……』

(アドは私が好きなのね。私もよ。お母さんや村の人を好きって思うのと違う。これが恋?)

嬉しくて恥ずかしくて小さな胸を精一杯ときめかせていたら、駆けつけた兵士に森の悪魔だと誤解された。

三日間の少年との様々なシーンがたくさんの海水の玉に映り、それを読み取ってしっかりと記憶に留める。

兵士に襲われて川に落ちた時の恐怖もだ。

(殺されると思ってすごく怖かった。だから記憶を失ったんだ。振り上げられた剣や濁流を思い出したくなかったから)

それほどまでの出来事だが、九歳の時とは違い今は真正面から受け止められた。

(あの兵士は錯乱していた。アドが見つからず死に物狂いで捜していたせいよね。正常な判断ができなくても仕方ないわ)

そう思えるのは心が大人になったせいでもあるだろうが、隣に夫がいる安心感が大きな理由の気がした。

銀髪の少年は頼もしく成長し、危ない時にはこうして守ってくれる。九年前とは違うのだ。

記憶を呼び覚ましている間にイルカの群れは離れ、船に安定した走行が戻る。

「クララ、どうした?」

ハッと我に返って至近距離にあるアドルディオンの顔を見ると、少年時代の彼と重なり、これ以上はないと思っていたのに愛しさが倍増するようだった。

「アド、思い出したの」

眉を上げた夫の翡翠色の瞳に期待がにじむ。

「少年の時のあなたも、今のあなたも大好きよ」

笑顔で告白すると、目を見開いた夫に強い力で抱きしめられた。

「いい思い出ばかりではない。怖くはないか?」

「うん。アドが隣にいてくれるから大丈夫。あなたとの思い出はキラキラして、一生の宝物だわ」

「ああ……クララ……」

耳元で甘く囁くように名を呼ばれ、くすぐったくてフフッと笑う。

ガスパロと護衛兵たちはこちらに背を向け、夫婦の抱擁を見ないようにしてくれていた。

＊＊＊

冬になり新年を迎え、やがて春が訪れる。

日に日に暖かくなり王城の庭園ではミモザの木が黄色いたわわな花房を垂らしていた。

庭師に頼んでミモザの枝を切ってもらったクララは、花束と手作りのアップルパイを籠に入れて王城を出る。

時刻は十四時半で、もう今日の公務は終えている。

これから母のお見舞いに行くのだが、もうメイド服での変装は必要なく、エイミと護衛兵ふたりを連れて王家の馬車に乗っての外出であった。

メインストリートを進んでいると、隣に座るエイミが車窓を指さした。

「ショーウィンドウのあの帽子、素敵ですね」

「ほんと。ミモザ色で春にぴったり。エイミに似合いそう。私が母に会っている間にショッピングしてきて」

王太子妃として身の回りを整えるための自由なお金はもらっている。

財布の管理は侍女の役目で今もエイミが持っているはずだ。

そこから帽子代を払ってと伝えると、首を横に振られた。

「クララ様に似合うと思って言ったんです。私は大人ぶりたい年頃なので、もう少し枯れた色がいいです」

言い方がおかしくて笑い、同時に本名で呼ばれる喜びをひしひしと味わっていた。

思い出しているのは半年ほど前の、王太子暗殺未遂事件後のことだ。

村人の協力で視察隊は全員無事に親王派貴族領の港まで逃げおおせた。

アドルディオンが船中でガスパロに約束した通り、早期にケドラー辺境伯とハイゼン公爵の身柄が拘束され、辺境伯領は中央政府の管理下に置かれている。

領民に課せられていた高額な納税額も引き下げられ、彼らの暮らしは以前よりずっと楽になったことだろう。

村人の笑顔が浮かぶようで嬉しく思っていた。

事件後の大きな変化はクララにもあった。

父親の拘束に焦ったハイゼン公爵の息子たちが王家への求心力を下げようと目論《もくろ》み、それに利用されたのはクララの出自だった。

王太子妃は素性を偽っており、それを王太子が隠しているのは由々しき事態だ。国民を欺いたも同じだと声高に糾弾してきたのだ。

王家に近しい貴族から数年がかりで少しずつ広めていく予定だったのに、一気に公にされてこれには肝を冷やした。

しかしハイゼン公爵家の望み通りには進まなかった。

当主が重罪を犯し爵位の剝奪も予想される中で、公爵家の味方につく貴族はいない。

王太子妃の出自に関しては騒ぎ立てない方が賢明だと貴族たちは判断したようで、黙認を決め込み大事に至らなかったのだ。

図らずも問題視されずに周知される結果となったのは、三か月ほど前のことである。

「ひとりでショッピングしてもつまらないのでクララ様と一緒がいいです。お見舞いの帰りにあの店に寄りましょう。クララ様の帽子を私に選ばせてください」

張りきる侍女に頷いて、フフッと笑い声を漏らした。

なぜ笑ったのかを説明しなくても、いつも一緒にいるエイミはわかってくれる。

「パトリシア様ではなくクララ様とお呼びするようになって、もう三か月も経ちますよ。まだそんなに嬉しいんですか?」

「うん。村娘だったとみんなに知ってもらえて嬉しいの。サンターニュ村で母とふたり、一生懸命に働いていた人生も私の誇りよ。口に出せないだけで、よく思っていない貴族もいるようだけどね」

仕方がないと思っても、少しは気にしてしまう。

思い出しているのは二週間前のことだ。

アドルディオンの叔母からの招待を受け、既婚女性だけのお茶会に参加した。

真の出自が明るみに出る前は王太子妃に近づこうと数々の催しに誘ってきた貴族夫人が、その時は挨拶もしたくないとばかりにクララから遠い席に移動した。

受け入れてくれない貴族も少なからずいるだろうと予想してはいたが、あからさまに避けられて傷ついたのだ。

するとクララの隣に立って肩に手を置き、広い室内にいる四十人の招待客全員に聞こえるような声でこう言った。

『笑顔で握手を交わし陰ではお互いの悪口を言う、それが貴族ですのよ。そう考えると、わかりやすく避けてくださるなんて親切ですわ。今後のお付き合いをご遠慮できるのですから。妃殿下に限ったことでもございません。わたくしは陰で〝おしゃべりおばさん〟と呼ばれているそうですの。わたくしなら鼻で笑い飛ばしますけれど、妃殿下はお優しいお人柄なので無礼だとも仰られないのでしょう。代わってわたくしが成敗しておきます』

王妹であり侯爵夫人である叔母は、貴族女性の中でも高い位にいる。

顔も広く、彼女が主催する催しにはいつも多くの貴族が参加していた。

敵に回せば怖い存在なのだろう。

先ほどクララを避けた貴族夫人が慌てて同じテーブルに戻ってくると、取り繕うような笑みを浮かべてクララにごまをすってきた。

『今日のお召し物も素敵ですわ。さすがは妃殿下、センスがよろしくていらっしゃいます。それにお美しくて聡明でいらっしゃって、妃殿下は私の憧れですの』

その変わり身の早さに驚くとともに、叔母の力を思い知った。

素性を知っても味方をしてくれる心の広さと頼もしさに、ますます叔母を好きになったのだ。

「到着いたしました」

「ありがとう。降ろしてください」

御者の声かけに答えると、すぐに馬車の扉が開いた。

ここは病院の正面ではなく、隣のブロックの一角だ。大型馬車なので邪魔になると思い、いつも少し離れた場所に止めてもらっている。

侍女と護衛兵に囲まれて病院に着くと、三人にはロビーの待合室で待機していてもらう。お供を連れていたら王太子妃だと気づかれ、人を集めてしまうからだ。

患者や医療者たちへの配慮である。

ひとりで廊下を進み階段を上ろうとしたら、後ろから女性ふたりの会話が聞こえた。

「大きなお腹なんだから来なくていいと言ったのに。無理しないでよ」

「もう、お母さんは心配性ね。これくらい平気よ。おじいちゃんのお見舞いには私が行きたいの。初孫の誕生を楽しみにしているから、お腹を撫でれば早く元気になろうと思うでしょ」

どうやら入院中の男性に会いに来た娘と孫娘のようで、孫娘は妊娠しているようだ。

(赤ちゃんがいるのね。羨ましいわ)

形だけの夫婦だった時は思いもしなかったが、アドルディオンと心を通わせている今は愛する人の子供が欲しいと思うようになった。

昼間だというのに夫の艶めいた瞳と夫婦の寝室が勝手に頭に浮かんできて、慌てて首を横に振る。

（顔が熱い。私ったらなにを考えているのよ。こういうのは自然に。急いで子供を授かろうとしなくてもいいじゃない。それにアドは今、忙しいのよ）

王太子襲撃事件の調査が終了し、二か月ほど前にハイゼン公爵とケドラー辺境伯の裁判が始まった。

まだ結審しておらず、いつ裁判が終わるのかクララにはわからない。

刑が確定しなければ襲撃事件が完全に解決したとは言えず、それまで夫は忙しいはずだ。

夜更けにそっと彼がベッドに入る気配を感じたり、朝になって隣で寝ているのに気づいたりといった夫婦の閨事情はまだ続くと思われた。

子供について考えるのはよそうと足を進めたが、母娘も階段を上ってくるので会話を聞いてしまう。

「名前は誰がつけるの？　あちらのお父様？」

「ううん、夫婦で決めていいって。男の子の名前は考え中なんだけど、女の子なら王太子妃殿下のお名前をいただいてクララにするわ」

（えっ、私⁉）

「あら、妃殿下はパトリシア様でしょう？」

「お母さん知らないの？　クララがファーストネームで、パトリシアはセカンドネームなのよ」

（違うけど、そういう風に誰かから聞いたのね）

真の出自が公にされたといっても文書で貼り出したわけではない。

民の間では口伝いに広まり、その情報は間違ってもいるようだ。

「隣の奥さんに聞いたんだけど、子供の学校で妃殿下が講演してくださったんですって」

娘が得意げに教えたことに、母親が不思議そうに問い返す。

「隣の子はお金持ちの学校に通っているの？」

「うちと同じ集合住宅に住んでいるのに、まさか。庶民の学校だよ。妃殿下のお母様が平民だから、下々の私たちにも関心を向けてくださるのよ」

「へぇ、庶子なんだ。そういうのは隠すのかと思ってた」

「堂々と口にする妃殿下はかっこいいわ。去年、視察旅行に行った際は海賊に襲われて、勇敢に戦ったらしいわよ。講演では学べることは幸せで大切にしてほしいって子供たちに仰ったそうよ。教材をたくさん寄付してくださったんですって。それを聞いて私、妃殿下のファンになったの。いつかお会いしてみたいわ」

（講演の話は合っているけど、海賊とは戦ってない。どうしてそんなに勇敢な妃になってしまったのかしら。でも好意的に捉えてくれて嬉しい）

照れくさいので振り向いて名乗ることはできず、急いで階段を上りきった。

母の病室は以前と変わらず特別室で、半年前と違うのは向かいの病室に入院しているのはハイゼン公爵の母親ではない別の患者という点だ。

事件後、ハイゼン公爵の母親は領地内の別の病院に移ったそうで、元気でいるのかはわからない。

ドアをノックして開けると、ソファに座っていた母が読んでいる本から顔をあげた。

「クララ、いらっしゃい。今日は早いのね」

「お仕事は午前中だけだったの。なにを読んでいたの？」

分厚い本の革表紙を見ると、冒険ものの小説のようなタイトルだった。

「そういうのが好きだったの？」

料理のレシピ本や草花の図鑑なら好みそうだけど、物語を読むこと自体が意外である。

すると母が笑う。

「看護師さんが勧めてくれたのよ。この本のヒロインが王太子妃殿下に似ているからって」

内容を聞くと、伯爵を父に持つ村娘が王太子妃になるというクララにそっくりのストーリーだった。

視察中に襲撃される事件まで起きるらしい。

しかし現実とは違い襲ってきたのは海賊で、ヒロインは剣を手に勇敢に戦って勝利するそうだ。

（さっきの妊婦さんの話は……なるほど）

あの女性の誤解の出所がわかった気がして苦笑した。

籠の中の花束に気づいた母が目を細める。

「ミモザを持ってきてくれたの。かぶったようね」

母の視線の先にはキャビネットがあり、その上に花瓶が置かれ、すでにミモザの花が生けてあった。

「それ、どうしたの？」

薄情な父は一度も母に会いにきたことはなく、自分の他に見舞う人も思いつかない。

フフッと笑っただけで答えない母が、立ち上がってティーポットを手に取った。

娘のために紅茶を淹れてくれながら、吉報を教えてくれる。

「今朝の回診で、退院が見えてきましたねってお医者様に言われたのよ」

入院時に比べたら母の顔色は随分とよくなり、頬はふっくらとして元気そうだ。

「本当!?　よかったー！」

その言葉をどんなに待っていたことか。退院後の暮らしに夢が膨らむ。

「お母さんのお部屋はどこにしようかな。アドに相談してお部屋を整えるわ。お城はすごいのよ。城壁内にたくさんの建物があって、サンターニュ村がすっぽり入ってしまいそうなくらい広いの。大きな温室には一年中花が咲いているし、画廊のような長い廊下に、豪華絢爛《けんらん》なダンスホール。私専用の調理場もあるのよ。退院したら一緒に料理を作ろうね」

当然、大邸宅で一緒に暮らすと思い言ったのだが、笑顔の母に首を横に振られた。

「お母さんはサンターニュのもといた家に帰るわ。生活援助はいらないわよ。元気になったから働けるもの」

「ど、どうして⁉」

王都にいれば豊かに暮らせるというのに、なぜ貧しい村に戻ろうとするのだろう。

生けようとしていたミモザを落としてしまうと、茶葉の容器を置いた母が拾って渡してくれた。

その笑みは凛として、強い信念がにじんでいる。

村にいた時の母は、いつもそのような顔をしていたと思い出した。

「お母さんは村で生きたいの。あなたならわかるでしょ？」

「うん……」

アドルディオンに恋をする前は、クララも帰りたいと思っていた。

心が洗われるような美しい自然と親しい村人たち。重労働の中に笑顔があふれていて、王都にはない幸せがある。

村で暮らしたいという母の気持ちは痛いほどわかったが、簡単には会えない距離が寂しかった。

これまで病に伏す母を支えてきたつもりでいたのに、どうやら逆だったようだ。

(そばにいてくれないと心細くて……)

泣きそうになったら、子供の頃によくしてくれたように抱きしめられた。

「お母さんがいなくても大丈夫。クララには愛してくれる人がいるでしょう?」

母が指さしたのはキャビネットの上の花瓶だ。

「あのミモザはお昼前に王太子殿下が持ってきてくださったのよ。同じお花を選ぶなんて、心が繋がっているようね」

「アドが?」

今日は一緒に朝食をとったけれど、そんな予定は聞いていない。

晴れて出自を完全に公にできたら見舞うと去年に言われているが、忙しくてまだ実現していなかった。

それを気にしてくれていて、今日はほんの少しの空き時間ができたので急遽母に会ってくれたのだろうか。

途端にクララはうろたえた。

半年前、過去の記憶を取り戻して王都に帰還した後、どうして川に落ちたのかを母に教えに行った。

これまで母が少年についてなにも教えてくれなかったのは、娘が怖い思いをした原因は彼にあると疑っていたためではないだろうか。

その誤解を解き、あの時の少年が今の夫だと伝え、運命的な再会を喜んでもらおうと思ったのに、母は浮かない顔をしていた。

川に落ちた直接の原因が彼でなくても、王太子に関わったせいではある。

その思いは変わらないようで、母親からすればなるべく危険から遠い場所で娘が幸せになってほしいと願うものなのだろう。

すべてを報告した後に、言わない方がよかったかと後悔したのだ。

(私のいないところで会われたらフォローもできない。お母さん、アドをどう思った……?)

不安は言葉にせずとも母に読まれる。

「大丈夫よ。お会いしてよかったと思っているの。クララを心から大事にしてくださっているのがよくわかったから。九年間、想い続けてきたんですって。一途《いちず》な方ね。あなたが幸せな結婚をしてくれて嬉しいわ」

「お母さん……!」

ホッと胸を撫で下ろしたら、母がクスクスと笑う。

「さあお茶にしましょう。今日はなにを作ってきてくれたの?」

「シナモン多めのアップルパイ」

「嬉しい。大好物よ」

ソファに並んで座り、ティータイムを楽しむ。

この時間がなくなるのは寂しいけれど、退院は待ち遠しい。

（お母さんが暮らしたい場所はサンターニュで、私は王都。王太子妃として務めながら、アドと支え合って生きていく。それでいいわよね）

たくさんの黄色い花房のおかげで病室がワントーン明るくなったように感じた。

別離の寂しさは希望に上書きされ、クララは母と一緒にアップルパイを楽しんだ。


夜になり、寝支度をすませたクララは寝室に続くドアノブに手をかけた。

アドルディオンはきっと今夜も遅くまで仕事をするはずだ。

そう思うので気を抜いてあくびをしながらドアを開けたら、ソファに座っている寝間着姿の夫と目が合って驚いた。

慌てて口元を隠しても遅く、吹き出されて赤面する。

「いると思わなかったから……」

「いない方がいいということか？」

「そ、そうじゃないわ！　アドがいてくれてすごく嬉しい。ふたりでゆっくり話したかったの。

本当に本当よ？」

「クララの気持ちはわかっているから焦らなくていい。からかってすまない」

両腕を広げたアドルディオンに「おいで」と呼びかけられ、胸を高鳴らせて隣に座ると肩を抱き寄せられた。

頼りがいのある彼の腕の中は安心できるはずなのに、恋心のせいで落ち着かない。

「忙しい時期は終わったの？　母のお見舞いにも行ってくれたと聞いたわ」

「そうだな。遅くなったがやっと会えた。クララを妻に迎えておきながら今まで挨拶もしなかった非礼と、君を危険な目に遭わせた過去を詫びてきた。許してもらえたよ」

「母は怒らないわ。私が幸せな結婚ができてよかったって喜んでいるもの」

ミモザの花がかぶったことを教えると、穏やかな笑い声が重なった。

（楽しい……！）

こんな時にはお茶とお菓子が必要だと思い、立ち上がろうとする。

「少し待っていて。残りもので悪いけどお見舞い用に焼いたアップルパイがあるの。ハーブティーと一緒に持ってくるわ」

しかし手を握られて行かせてもらえない。なぜか真剣な目をする夫に首を傾げた。

「それは明日の休憩時間に食べよう。君の手料理は明るい話題の時に口にしたい」

そう言うということは、なにか深刻な話があるのだろう。

浮かせた腰をソファに戻し、真顔で頷くと、彼が静かな口調で話しだす。

「襲撃事件の裁判が夕方、結審した。ケドラーとハイゼン、両者の判決は明日の午前中に下される。それでやっとあの事件に終止符を打てる」

王太子の彼はすでに判決内容を知っていると思われるが、今教える気はないようだ。

その理由はおそらく、クララが怖い思いをして眠れなくなってはいけないと気遣ってくれたからだろう。

代わりにハイゼン公爵の娘、エロイーズの近況を教えてくれた。

「公爵家が取り潰される前にと急いで縁談がまとめられ、隣国の名のある船会社の次男に嫁いだ。エロイーズには悪意を持って君の出自を探られたが、君ならきっと心配しているだろうと思ったんだ」

クララははっきりと頷く。

美しく誇り高い公爵令嬢の彼女は輝く人生を歩んでいけるはずだったのに、高みから転がり落ちるようにすべてを失ってしまい気の毒に思う。

怖い思いもさせられたので責任を感じたくないが、もし自分がアドルディオンの前に現れなければ、彼女の人生はかつてと変わらず人々の羨望を集めるものだったのではないかと気に病んだ。

しかし彼女のこれからの人生を不幸だと決めつけてはいけないだろう。

「大きな船会社なら、裕福な暮らしができますよね」

贅沢な環境で生まれ育ったお嬢様なら貧乏暮らしに耐えられないと思うので、その点はよかったと言えよう。

彼女の夫は妻を大切にし、周囲の人もいい人ばかりかもしれない。

アドルディオンも同意見のようで頷いてくれた。

「他国民になったエロイーズにしてやれることはない。ならばせめて幸せを祈ろう」

「はい」

(どうかエロイーズさんが幸せな結婚生活を送れますように……)

夫の話はそれだけではなかった。

「もうひとつ、夕方に父上に呼ばれたんだ」

国王の病状はゆっくりと悪化の一途をたどっている。

春になる前は車椅子で邸宅内を移動する姿をたまに見かけていたのに、ここ最近は寝室から出ていないようだ。

心配で見舞いを申し込んでも、話すだけで疲れてしまうからと王妃に断られた。

苦しい息で息子を呼び、なにを話したのかと、クララは背筋を伸ばして話の続きを待った。

「譲位の相談だった。父上の命が尽きる前に王位を譲りたいと。異例だが、その方が国民が安心できるだろうというご意向だ。俺は王位を継ぐ覚悟を子供の頃からしているので異論はない。襲撃事件に幕が下ろされた明日以降、譲位に向けて準備を始める」

クララももちろん夫がいつかは国王になると思っていたが、まさかこんなに早いとは。

その話を飲み込めるまでに数秒を要し、やっと口を開いた。

「あなたが国王陛下になる姿は想像できるの。でも私は……」

「王妃は君だ」

その言葉の重みは王太子妃の比ではなく、不安や動揺が心に広がる。

(私の出自をよく思わない貴族もいるわ。私が王家への求心力を下げてしまったら？　教養はまだまだ足りないし、会ったことのない貴族もたくさんいる。交流を広げるのはこれからだと思っていたのに)

「私に王妃が務まるの……？」

揺れる瞳にアドルディオンを映すと、体ごとこちらを向いて手を握ってくれた。

その口角はわずかに上がっている。

「俺は国民に寄り添える王妃を望んでいる。すでに民に慕われているクララは適任だろう。君をモデルにした冒険物語が出版されたとジルフォードから聞いたが」

「あっ」

母が病室で読んでいたあの本だとすぐに思いあたった。

アドルディオンは本を手にとってはいないような口ぶりだが、赤面するクララを面白そうに見ているので、海賊と戦った内容まで知っていそうな気がした。

「私、そんなに勇敢じゃないのに」

「いや、君は勇敢だ。暴れ馬に飛び乗り、村を出て王太子妃になり、襲撃から俺を助けてくれた。十分に勇ましいな」

からかうように言ってから優しく妻の頬を撫で、その後に真顔を取り戻す。

「王妃はクララにしか務まらない。なぜなら俺が必要としている妻は君だから。国のため民のため、俺たちのために支え合って未来を築きたい。これからも俺のそばにいてくれ」

決して忘れないよう夫の言葉を心の中で繰り返す。

そうしていると不安が波のように引いて自信と意欲が湧き、覚悟が決まった。

「王妃として、あなたとともに歩みます」

「ありがとう」

フッと笑ったアドルディオンの翡翠色の瞳が艶めき、クララの後ろ髪に男らしい指が潜り込んだ。

美麗な顔がゆっくり近づいてきて、クララの鼓動は振り切れんばかりに高鳴る。

「愛している。誰よりも……」

吐息交じりの囁きが唇にかかって目を閉じると、喜びに胸が震えだす音がした。

同じ言葉を返したかったけれど、唇を奪われて声にならない。

(私も、誰よりあなたを愛しているわ)

ふと舞踏会の夜を思い出し、王太子妃に選ばれた理由は他にある気がした。

無意識下でまた会いたいと願う心に、彼が気づいてくれたからではないかと。
抱きしめてくれるアドルディオンの腕に力が込められた。
『その通りだ』と言ってくれた気がして、クララは唇を合わせながら微笑んだ。

【完】

あとがき

この作品をお手に取ってくださいました皆様に厚くお礼申し上げます。

ベリーズファンタジースイートで書かせていただいたのは初めてで、単行本になった喜びをしみじみと味わっています。

単行本は素敵な挿絵があるので、書き手としてもすごく嬉しいです！

クララとアドルディオンは読者様のお目にどのように映ったでしょうか？

数えてみるとファンタジーはこれで十一作品目となるのですが、可愛いヒロインとかっこいいヒーローを書くのが今でも難しいです。

それというのは、私の好みがおかしいからです。私の好み百パーセントで書くと、主役ふたりはぶっとんだキャラになり、ラブ少なめでほぼコメディとなります。

そんな私が書いたクララとアドルディオンが心配になります。どうか皆様に好きになってもらえますように（祈）。

ストーリーにはドキドキを色々と盛り込みました。

花嫁に選ばれるはずないと思っていた舞踏会に、突然の共寝命令、出自が暴かれ、里帰りで襲撃され、記憶が蘇り……クララの人生は波乱万丈です。

クララと一緒にドキドキしてお読みいただけたなら嬉しく思います。

大団円で完結しましたが、ひとつだけ問題を残したままでした。エイミの恋はどうなるのか。ジルフォードからするとかなり幼く見えそうで恋破れる予感がしますが、エイミが可哀想なのでいじらしく頑張った結果、恋心を受け止めてもらえたことにしたいと思います。

ちなみに私はアドルディオンよりジルフォードが好みです。主役を陰で支える美形な執事や近侍に萌えます。もっと言うと、炭焼きのゼフリーが一番好きです。ひと癖あるおじいさんキャラを書くのは楽しいです。

既刊のベリーズファンタジー『追放された水の聖女は隣国で真の力に目覚める～世界を救えるのは正真正銘私だけです～』には今作よりずっと癖のあるおじいさんが出てきます。もしゼフリー派の方がいらっしゃいましたら（いないかもしれませんが）お勧めしたいです。

最後になりましたが、編集担当の今林様、佐藤様、書籍化にご尽力いただいた関係者様、書店様に深くお礼申し上げます。

表紙と挿絵を描いてくださった花染《はなぞめ》なぎさ様、私の想像を超えた可愛いクララとめちゃくちゃかっこいいアドルディオンをありがとうございました。眼福すぎて幸せです。

単行本読者様、ウェブサイト読者様には、平身低頭で感謝を！

またいつか、ベリーズファンタジーで皆様にお会いできますように。

藍里《あいさと》まめ

まがいもの令嬢なのに王太子妃になるなんて聞いてません！
しかも「愛のない結婚だ」と言い放った冷徹王太子がなぜか溺愛してきます

2024年1月5日　初版第1刷発行

著　者　藍里まめ

発行人　菊地修一

発行所　スターツ出版株式会社

〒104-0031　東京都中央区京橋1-3-1　八重洲口大栄ビル7F
☎出版マーケティンググループ　03-6202-0386
（ご注文等に関するお問い合わせ）

https://starts-pub.jp/

印刷所　大日本印刷株式会社

ISBN　978-4-8137-9298-7　C0093　Printed in Japan

［藍里まめ先生へのファンレター宛先］
〒104-0031　東京都中央区京橋1-3-1　八重洲口大栄ビル7F
スターツ出版（株）　書籍編集部気付　藍里まめ先生